KB010255

김시습의 한문소설

금오신화

金鰲新話

정민호 현토·주해·풀이

明文堂

남산 용장사지

용장사지 마애석불좌상

용장사지 삼륜탑

용장사지 삼층석탑

매월당 김시습 추모제(권순채 주제)

김시습의 한문소설

금오신화 金鰲新話

정민호 현토·주해·풀이

明文堂

권두 해설

1. 서언

매월당梅月堂 김시습(1435~1493)의 한문소설 「금오신화」를 풀이해 보았다. 한문이 원문이기 때문에 어려운 글자가 너무 많아서 국역에 고통도 많았다. 이것을 보아도 매월당은 상당한 한학자임을 단번에 알게 되었다. 김시습은 생육신으로 꼽히고 있다. 태어난 지 7일 만에 그는 글의 뜻을 알았다고 하며, 5살 때 세종대왕의 부름을 받고 가니 임금님께서 '삼각산'이란 제목으로 시를 지으라고 했다. 그러자 단번에 이런 시를 지었다고 한다.

三角高峯貫太淸하니 登臨可摘北斗星이라.
삼 각 고 봉 관 태 청　　등 림 가 적 북 두 성

非徒嶽出興雲霧이랴 能使王都萬歲寧이라.
비 도 악 출 흥 운 무　　능 사 왕 도 만 세 녕

「삼각산 높은 봉우리가 푸른 하늘을 꿰었으니
거기에 올라서면 북두칠성도 딸 것만 같네.
한갓 뫼에 올라 운무만 일으키는 것만 아니라

능히 왕도로 하여금 만세토록 편안케 하리로다.」

그는 서슴없이 이 시를 지었다고 했으니 천재소년이었다. 세종이 이 글을 보고 크게 기뻐하여 비단 50필을 하사하면서 그의 슬기를 보고자 남의 힘을 빌리지 말고 너의 힘으로 가져가라고 했다. 김시습은 거침없이 비단 한쪽 끝만을 풀어 쥐고 집까지 끌고 갔다고 한다. 그는 그만큼 글에도 천재적인 기질이 있었지만 지혜 또한 대단함을 말해주고 있다. 그는 생육신의 한 사람으로, 단종의 애절한 사연을 생각하며 일생을 떠돌면서 살았다고 한다.

여기서 더욱 중요한 것은, 그가 경주 금오산(남산) 용장사茸長寺에서 우리나라 최초의 한문소설「금오신화」를 썼다는 사실이다. 우리 경주로 보아서도 향가와 함께 우리 문학의 효시로 잡고 있다.

2.「금오신화」의 내용과 그 제작 과정

이「금오신화」는 모두 5부로 나누어져 있다. 1부는「만복사저포기」, 2부는「이생규장전」, 3부는「취유부벽정기」, 4부는「남염부주지」, 5부는「용궁부연록」이 바로 그것이다. 일부 문인들은 이 금오신화를 단순한 '설화'로만 보는데, 이 모두가 창작 작

품으로 소설적 경지에 있음을 부인하지 못한다. 이 내용 중에 등장하는 작중 인물들은 각 부마다 단일 인물이지만 그 인물은 소설 속의 주인공으로 단편적 스토리를 끌고 나가고 있다. 주인공의 인물 설정에 있어서는 양생梁生, 이생李生, 홍생洪生, 박생朴生, 한생韓生이라고 한 것은 시대상으로 보아 성姓 밑에다가 호칭이나 호격으로 생生을 붙인 것은 그 시대적 사조인 것이다.

이 「금오신화」의 내용을 기록함에 있어서 표현 문자가 한문으로 되어있기 때문에 그 한문자漢文字가 상당히 어려운 글자를 사용했던 것은, 당시 매월당이 한문학식에 뛰어났을 뿐 아니라 많은 시편들이 등장하는데, 그 시에도 상당한 고사故事가 등장하고 있음을 볼 때, 대단한 한문학식의 소유자라는 것을 짐작할 수 있다.

김시습의 소설들은 그 스토리가 꿈속에서 이루어지다가 꿈을 깨고서는 이 현실세계로 돌아온다는 이야기들이 대체적이고, 그 주인공은 '부지소종不知所終'이란 말로 끝을 맺고 있다.

3. 금오신화의 내용 분류

이 금오신화는 모두 5부로 구성되어 있다. 만복사저포기, 이생규장전, 취유부벽정기, 남염부주지, 용궁부연록 등이다. 이를 하나하나 그 내용을 피력하고 스토리를 점검하여 내용을 분류

하고자 한다.

(1) 만복사저포기

남원에 사는 양생이 주인공이다. 그는 부모를 일찍 여의고 나이가 많아서도 장가를 들지 못하고 만복사가 있는 동쪽마을에 살고 있었는데, 그는 3월 24일 만복사 연등 놀이에 참석하여 부처님과 저포(나뭇조각으로 만든 놀이기구)놀이를 하여 내기를 한다. 양생이 이기게 되면 부처님께서 미인을 보내어 장가를 들기로 되어있다. 마침 양생이 저포내기에 이겨서는 양반집의 죽은 규수와 혼인하여 부부의 인연을 맺는 것으로 되어있다. 즉, 죽은 영혼과 양생인 늙은 총각과의 이야기가 전개된다. 결국 죽은 양반집 규수가 영혼으로 다시 찾아와 윤회의 업業을 당부하는 것으로 끝을 맺는다. 양생은 결국 지리산에 들어가서 약초를 캐는 것으로 '부지소종不知所終'이란 말로 끝을 맺는다.

(2) 이생규장전

송도에 사는 이생李生이란 자가 있었는데, 그는 태학(성균관)에 공부를 하러 다니다가 우연히 화창한 날에 최씨 집안의 담 너머로 그 집의 최 낭자를 만나게 된다. 둘은 소위 연애를 했는데, 부모가 반대를 하였으나 최 낭자가 다 죽게 되어서야 혼인을 했다. 즐겁게 살아보지도 못하고 홍건적紅巾賊의 침략으로 송도松都가 쑥밭이 되고 최 낭자는 홍건적에 붙들려서 정조를 지키다가 결국 죽게 된다.

죽은 최 낭자의 영혼과 이생李生이 만나서 만단정회를 하는 장면이 나온다. 결국 이생이 너무 최 낭자를 추모하던 나머지 병이 들어 죽었다는 이야기다. 즉, 주인공이 죽음으로서 끝을 맺는다.

(3) 취유부벽정기

송도〔開城〕에 사는 거부의 아들 홍생洪生이 평양 부벽루에 가서 밝은 가을 달밤에 선녀를 만났는데, 그 선녀는 2천 년에 전에 죽은 기자箕子의 후손이라고 했다. 역시 사랑하는 홍생이 선녀를 만나서 '부벽정(부벽루)'에서 놀았다는 이야기로 되어있다. 여기서도 많은 시의 구절이 등장하고 서로 시를 주고받으며 놀았는데, 이 선녀가 옥황상제께 말씀을 올려 글재주가 있는 홍생을 칭찬하여, 결국 홍생이 우화등선羽化登仙하는 이야기다. 여기서도 홍생이 꿈에서 깨어난다는 이야기로, 그가 죽음을 기다리다가 신선이 되었다는 스토리로 되어있다.

(4) 남염부주지

경주에 사는 박생朴生이 책을 읽다가 깜박 잠이 들었다. 꿈속에 남염부주 염마대왕의 초대를 받고 불꽃이 이글거리는 명부로 들어가서 염마왕에게 여러 가지 대접을 받는다. 박생과의 질의응답을 하는 내용도 나오는데, 나중에는 그대가 염마대왕이 된다는 이야기까지 한다. 이것 역시 꿈에서 이루어지는 내용으로, 꿈속에서의 염마왕과의 이야기가 결국 꿈을 깨고 난 다음에 주인공인 자가가 염마대왕이 된다는 사실이다. 여기서 수레를 끌고 가는 자가 잘못하여 수레가 뒤엎어지는 바람에 꿈을 깨고 병을 얻어 수개월 안에 박생이 죽게 된다. 죽기 직전 꿈에서 신인이 나타나서 고하기를, 「너희 마을에 박생이 염라대왕이 된다.」는 것까지 알려주었다.

⑸ 용궁부연록

개성에는 천마산이 있고 거기서 떨어지는 폭포가 박연폭포다. 박연폭포는 넓이는 작아도 깊이가 얼마인지를 아무도 몰랐다. 한생韓生이란 주인공이 용왕국에 들어가서 용왕과 그 주위의 여러 신하들, 그리고 용왕국의 찬란한 건물을 지어 박생이 그 건물의 상량문上梁文을 쓰게 되었다는 이야기다. 현실 세계에서 볼 수 없는 찬란한 용왕국을 소개하고 돌아오게 된다. 이 속에는 많은 노래〔賦〕와 시詩가 등장한다. 여기서도 다른 소설과 똑같은 수법으로 한생이 타고 오던 수레가 넘어져서 꿈을 깬다는 이야기로서, 다른 이야기와 꼭 같은 구성 수법을 쓰고 있다. 용왕국에서 얻어온 보물을 상자에 넣어두고 딴 사람에게는 보이지도 않고 혼자 명산에 들어가서 일생을 마쳤다는 이야기다.

4. 금오신화의 산실

「금오신화」는 우리나라 한문소설의 효시이다. 김시습은 31세에 경주 용장사茸長寺에서 7년 동안 거주하면서 금오신화를 쓴 것으로 되어있다. 그는 거기에서 스님으로 있으면서 많은 공부도 했다. 47살에 성종의 부름을 받아 한성으로 가서는 정사精舍를 짓고 한양에서 살았으니 용장사에서 서울로 가서는 환속했던 것이다. 승복을 벗고 선비 옷으로 갈아입고는 유교식 제사도 지냈으며, 선영도 지켰고 부인도 맞았다고 한다. 그러니 그는 경주 용장사에 있을 때까지는 승려였다는 것이다. 그래서 이 「금오신화」는 김시습이 한창 활동하여 창작의욕이 가장 왕성할 때 창작된 것이다.

5. 우리나라 최초의 한문소설

김시습이 이 「금오신화」를 쓸 때는 그가 '한문소설'을 쓰겠다고 쓴 것이 아니었을 것이다. 그가 경주 용장사에 있을 때는 의욕이 가장 왕성한 40대이었고, 승려로서 무언가 해야겠다는 의욕을 지니고 썼을 것이라고 짐작이 간다. 그때의 문자 수단이 한문 문자 밖에 없었을 때였으니, 한문으로 쓸 수밖에 없었을 것이다. 이 금오신화의 내용을 살펴보면, 어려운 한문 문자와 고사성어, 그리고 중국의 역사적 사실까지 작품 내용에 등장하고 있다. 소설의 내용은 다분히 설화나 상상적인 일화, 불교의 인연설도 등장하지만 작품 속에 자주 등장하는 시의 구절은 정말로 방대한 것이고 그가 직접 창작한 것이다. 불교적 상식이나 지식적 이론보다는 한문이나 유교의 역사적 사실이 더 많다는 것이다. 김시습은 그만큼 많은 한문 지식과 유교적 인품이 작용한 것이다. 그래서 그는 쉽게 불교를 벗어날 수 있었고, 유교적 사상에 더 깊이 빠져들 수가 있었던 것이다. 그래서 우리나라 최초의 한문소설이 탄생한 것이다.

6. 결말에 한마디

지금까지 김시습의 「금오신화」가 한문소설의 효시라는 점에 대해서 피력해왔다. 다시 말해서, 그는 상당한 한문 문장력과 유교적 사상에 심취해 있음을 느꼈다. 그가 전편에 나오는 문장文章, 한시漢詩나 부賦와 고풍古風을 어쩌면 그렇게 마음껏 지을 수 있을까 하는 생각에서 작가인 그를 다시 한번 평가되어야 한다고 생각한다. 한문에는 시부詩賦와 문장으로 크게 나눌 수 있는데, 그는 이 모두에 능숙하다는 사실을 여기에서 새삼 느끼게 되었다.

이 소설을 볼 때 내용에 있어서 남녀애정 관계가 나온다. 김시습은 이 소설에서 남녀 간의 순수 애정을 밑바탕에 깔았기 때문에 애정소설의 효시라고도 할 수 있다. 여기에 나오는 작품을 보면 남녀 간의 애정을 담고 있다는 것이다. 그 당시로 보아서 남녀가 결혼할 때는 양가에 매파의 작용으로 이루어지는 것이 전부였는데, 여기에 나오는 내용에서 젊은 남녀가 처음 만나서 애정을 주고받는 것으로 되어있다. 그래서 이 소설은 내용상 그 애정적 사상이 앞서간다는 것이라고 보아야 할 것이다.

권두 해설 7

제1부
萬福寺樗蒲記(만복사저포기) 19
(본문 풀이) 만복사에서 저포놀이하는 이야기 38

제2부
李生窺牆傳(이생규장전) 60
(본문 풀이) 이생이 담 너머로 엿본 이야기 81

제3부
醉遊浮碧亭記(취유부벽정기) 104
(본문 풀이) 취하여 「부벽정」에서 놀다 121

제4부
南炎浮洲志(남염부주지) 140
(본문 풀이) 「남염부주」에서 겪은 이야기 159

제5부
龍宮赴宴錄(용궁부연록) 178
(본문 풀이) 용궁 잔치에 갔다 온 이야기 202

발문跋文 229

제1부 | 萬福寺樗蒲記(만복사저포기)

제1부

萬福寺樗蒲記
만 복 사 저 포 기

만복사에서 저포놀이를 하다

南原에 有.梁生者하니 早喪父母하고 未有妻室
남 원 유 양 생 자 조 상 부 모 미 유 처 실
하여 獨居.萬福寺之東하니 房外에 有.梨花一株하
독 거 만 복 사 지 동 방 외 유 이 화 일 주
여 方春盛開하니 如.瓊樹銀堆하다. 生이 每.月夜에
방 춘 성 개 여 경 수 은 퇴 생 매 월 야
逡巡.朗吟其下하니 詩에 曰,
준 순 낭 음 기 하 시 왈

一樹梨花.伴寂廖하여 可憐辜負.月明宵라.
일 수 이 화 반 적 료 가 련 고 부 월 명 소
青年獨臥.孤窓畔하니 何處玉人.吹鳳簫오?
청 년 독 와 고 창 반 하 처 옥 인 취 봉 소
翡翠孤飛.不作雙이요 鴛鴦失侶.浴晴江이로다.
비 취 고 비 부 작 쌍 원 앙 실 려 욕 청 강
誰家有約.敲碁子리요 夜卜燈花.愁倚窓이라.
수 가 유 약 고 기 자 야 복 등 화 수 의 창

吟罷에 忽,空中有聲曰,「君欲得,好逑하면 何憂
음 파 홀 공 중 유 성 왈 군 욕 득 호 구 하 우
不遂요?」生이 心,喜之하니 明日은 卽,三月二十四
불 수 생 심 희 지 명 일 즉 삼 월 이 십 사
日也라. 州俗에 燃燈於,萬福寺하여 祈福하니 士女
일 야 주 속 연 등 어 만 복 사 기 복 사 녀
騈集하여 各呈其志하다. 日晩에 梵罷人稀라 生이
병 집 각 정 기 지 일 만 범 파 인 희 생
袖,樗蒲하고 擲於,佛前曰,「吾,今日에 與佛,欲鬪蒲
수 저 포 척 어 불 전 왈 오 금 일 여 불 욕 투 포
戲하니 若我負則, 設,法筵以賽하리다. 若,不負면
희 약 아 부 즉 설 법 연 이 새 약 불 부
則得,美女하여 以,遂我願耳하소서.」하다. 祝訖에 遂,
즉 득 미 녀 이 수 아 원 이 축 흘 수
擲之하니 生이 果勝이라 卽於,佛前曰,「業已定矣
척 지 생 과 승 즉 어 불 전 왈 업 이 정 의
니 不可矣리요.」하고 遂,隱於下하여 以候其約하다.
불 가 의 수 은 어 하 이 후 기 약

俄而有,一美姬하니 年可,十五六하고 飾,儀容이
아 이 유 일 미 희 연 가 십 오 륙 식 의 용
如,仙姝天妃하여 望之儼然하다. 手携油甁하고 添
여 선 주 천 비 망 지 엄 연 수 휴 유 병 첨
燈插香하여 三拜而,噫而歎曰,「人生薄命이 乃,如
등 삽 향 삼 배 이 희 이 탄 왈 인 생 박 명 내 여
此邪아?」하고 遂出,懷中狀詞하여 獻於,卓前하니
차 야 수 출 회 중 장 사 헌 어 탁 전
其詞에 曰,「某州,某地居住하는 何氏某는 竊以者,
기 사 왈 모 주 모 지 거 주 하 씨 모 절 이 자

邊方失禦하고 倭寇來侵하여 干戈滿目하고 烽燧
변방실어 왜구내침 간과만목 봉수

連年이라. 焚蕩室廬하고 虜掠生民하니 東西奔竄
연년 분탕실려 노략생민 동서분찬

하여 左右逋逃하고 親戚僕이 各相亂離어다. 妾은
좌우포도 친척복 각상난리 첩

以,蒲柳弱質로 不能遠逝라 自入深閨하여 從守幽
이포유약질 불능원서 자입심규 종수유

貞하여 不爲行露之沾하고 以避,橫逆之禍하니다.
정 불위행로지첨 이피횡역지화

父母는 以,女子守節不爽하여 避地僻處에 僑居草
부모 이여자수절불상 피지벽처 교거초

野하여 已,三年矣라. 然이나 而,秋月春花에 傷心虛
야 이삼년의 연 이추월춘화 상심허

度라 野雲流水로 無聊送日하며 幽居在,空谷하여
도 야운유수 무료송일 유거재공곡

歎,平生之薄命하며 獨宿度良宵에 傷彩鸞之獨舞
탄평생지박명 독숙탁양소 상채난지독무

하다. 日居月諸하여 魂銷魄喪하여 夏日冬宵에 膽
일거월제 혼소백상 하일동소 담

裂腸摧로다. 惟願覺皇하오니 曲垂憐愍하고 生涯
렬장최 유원각황 곡수연민 생애

前定에 業不可避나 賦命有緣이면 早得歡娛하여
전정 업불가피 부명유연 조득환오

無任,懇禱之至하소서.」하다.
무임간도지지

女旣投狀하고 嗚咽數聲하니 生이 於,隙中으로 見
여기투장 오열수성 생 어극중 견

其姿容하고 不能定情하여 突出而,言曰,「向者投
기자용 불능정정 돌출이언왈 향자투

狀은 爲,何事也오?」하고 見女,狀辭하고 喜溢於面
장 위 하 사 야 견 녀 장 사 희 일 어 면

하고 謂,女子曰,「子,何如人也로 獨來于此오?」하니
위 녀 자 왈 자 하 여 인 야 독 래 우 차

女曰,「妾亦人也요 夫,何疑訝之有리요 君但得,佳
여 왈 첩 역 인 야 부 하 의 아 지 유 군 단 득 가

匹이어니 不必問,姓名하고 若是其,顚倒也리요.」하
필 불 필 문 성 명 약 시 기 전 도 야

다. 時에 寺已頹落하여 居,僧住於,一隅하고 殿前에
시 사 이 퇴 락 거 승 주 어 일 우 전 전

只有廊廡하여 蕭然獨存하고 廊盡處에 有,板房甚
지 유 낭 무 소 연 독 존 낭 진 처 유 판 방 심

窄하다. 生이 挑女而入하니 女,不之難하여 相與講
착 생 도 녀 이 입 여 부 지 난 상 여 강

歡이 一如人間이러라.
환 일 여 인 간

將及夜半하여 月上東山하여 影入窓柯라 忽有
장 급 야 반 월 상 동 산 영 입 창 가 홀 유

跫音하니 女曰,「誰耶오? 將非,侍兒來耶오.」하니
공 음 녀 왈 수 야 장 비 시 아 래 야

兒曰,「唯니다.」하다. 向日,娘子가 行不過,中門하고
아 왈 유 향 일 낭 자 행 불 과 중 문

履不容數步어늘 昨暮,偶然而出하여 一何至於,此
이 불 용 수 보 작 모 우 연 이 출 일 하 지 어 차

極也오?」하니 女曰,「今日之事는 蓋非偶然이라 天
극 야 녀 왈 금 일 지 사 개 비 우 연 천

之所助요 佛之所佑로다. 逢一粲者하여 以爲偕老
지 소 조 불 지 소 우 봉 일 찬 자 이 위 해 로

也라. 不告而娶는 雖,明敎之,法典이나 式燕以遨는
야 불고이취 수 명교지 법전 식연이오

亦,平生之奇遇也라. 可於茅舍에 取,裀席酒果來
역 평생지기우야 가어모사 취 인석주과래

하라.」

侍兒, 一如,其命而往하여 設筵於庭에 時將,四
시아 일여 기명이왕 설연어정 시장 사

更也라. 鋪陳几案은 素淡無文而,醪醴馨香으로 定
경야 포진궤안 소담무문이 요례형향 정

非,人間滋味라. 生이 雖,疑怪나 談笑淸婉과 儀貌
비 인간자미 생 수 의괴 담소청완 의모

舒遲意는 必,貴家處子가 踰墻而出로 亦不之疑也
서지의 필 귀가처자 유장이출 역부지의야

러라. 觴進하고 命,侍兒하여 歌以侑之하고 謂,生曰,
상진 명 시아 가이유지 위 생왈

「兒,定仍舊曲이리니 請,自製一章,以侑如何오?」生
아 정잉구곡 청 자제일장 이유여하 생

이 欣然應之曰,「諾다.」하니 乃製,滿江紅,一闋하여
흔연응지왈 약 내제 만강홍 일결

命,侍兒歌之하니 曰,
명 시아가지 왈

惻惻春寒,羅衫薄하여 幾回腸斷,金鴨冷고?
측측춘한 나삼박 기회장단 금압냉

晩山凝黛,暮雲張繖이라.
만산응대 모운장산

錦帳鴛衾無與伴고? 寶釵伴倒吹龍管이라.
금장원금무여반 보채반도취용관

可惜許,光陰易跳,丸中情懣이라.
가 석 허 광 음 이 도 환 중 정 만

燈無焰銀屛短하니 徒收,淚誰從款고?
등 무 염 은 병 단 도 수 누 수 종 관

喜,今宵鄒律,一吹回暖하여
희 금 소 추 율 일 취 회 난

破我佳城,千古恨이라 細歌金縷,傾銀椀하니
파 아 가 성 천 고 한 세 가 금 루 경 은 완

悔,昔時抱恨蹙眉하며 兒眠孤館이라.
회 석 시 포 한 축 미 아 면 고 관

歌竟에 女,愀然曰,「曩者蓬島에 失當時之約이
가 경 여 초 연 왈 낭 자 봉 도 실 당 시 지 약
나 今日瀟湘에 有,故人之逢하니 得非天幸耶아 郞
금 일 소 상 유 고 인 지 봉 득 비 천 행 야 낭
若不我遐棄면 從奉巾櫛이리요 如失我願이면 永
약 불 아 하 기 종 봉 건 즐 여 실 아 원 영
隔雲泥리이다.」生이 聞,此言하고 一感一驚하여 曰,
격 운 니 생 문 차 언 일 감 일 경 왈
「敢不從命이리오?」然이나 其,態度不凡하니 生은 熟
감 부 종 명 연 기 태 도 불 범 생 숙
視所爲러라. 時에 月掛西峯하고 鷄鳴荒村이라 寺
시 소 위 시 월 괘 서 봉 계 명 황 촌 사
鐘初擊하며 曙色將暝이라. 女曰,「兒可撤席而歸
종 초 격 서 색 장 명 여 왈 아 가 철 석 이 귀
하라 하니 隨應隨滅,不知所之라.」하다. 女曰,「因緣
수 응 수 멸 부 지 소 지 여 왈 인 연
已定하니 可同携手리다.」하니 生이 執女手하고 徑
이 정 가 동 휴 수 생 집 여 수 경

過閭閻하니 犬吠於籬하고 人行於路하나 而,行人
과 여 염 견 폐 어 리 인 행 어 로 이 행 인

이 不知與女,同歸라. 但曰,「生이 早歸何處오?」하
부 지 여 녀 동 귀 단 왈 생 조 귀 하 처

니 生이 答曰,「適醉臥,萬福寺라가 投,故友之村墟
생 답 왈 적 취 와 만 복 사 투 고 우 지 촌 허

也라.」하다.
야

至,詰朝에 女引至,草莽間하니 零露瀼瀼하여 無,
지 힐 조 여 인 지 초 망 간 영 로 양 양 무

逕路可遵이라. 生이 曰,「何居處之,若此也리요?」
경 로 가 준 생 왈 하 거 처 지 약 차 야

女曰,「孀婦之居는 固,如此耳리요.」하고 女,又謔
여 왈 상 부 지 거 고 여 차 이 여 우 학

曰,「於邑行路가 豈不夙夜리요 謂行多露라.」하니
왈 어 읍 행 로 기 불 숙 야 위 행 다 로

生이 乃,謔之曰,「有狐綏綏하여 在彼淇梁이로다.
생 내 학 지 왈 유 호 수 수 재 피 기 양

魯道有蕩이러니 齊子翶翔이로다.」하고 吟而笑傲하
노 도 유 탕 제 자 고 상 음 이 소 오

다. 遂,同去開寧洞하니 蓬蒿弊野하고 荊棘參天이
수 동 거 개 녕 동 봉 호 폐 야 형 극 참 천

라 有,一屋하니 小而極麗라 邀生俱入하다 裀褥帳
유 일 옥 소 이 극 려 요 생 구 입 인 욕 장

幃가 極整하여 如,昨夜所陳이라. 留,三日에 歡若平
위 극 정 여 작 야 소 진 유 삼 일 환 약 평

生然이라 其,侍兒는 美而不黠이라 器皿,潔而不文
생 연 기 시 아 미 이 불 힐 기 명 결 이 불 문

하니 意非人世,而繾綣意篤하여 不復思慮하다 已
의 비 인 세 이 견 권 의 독 불 부 사 려 이

而요. 女謂, 生曰,「此地三日은 不下三年이라 君은
이 여위 생왈 차지삼일 불하삼년 군
當,還家以顧,生業也라 하니 遂設,離宴以別하리라.」
당 환가이고 생업야 수설 이연이별
하니 生이 悵然曰,「何遽別之速也오?」女曰,「當,再
생 창연왈 하거별지속야 여왈 당재
會하여 以盡平生之,願爾이리요 今日,到此弊居는
회 이진평생지원이 금일도차폐거
必有夙緣으로 宜見,鄰里族親이 如何오?」하니 生
필유숙연 의인인리족친 여하 생
曰,「諾다.」하고 卽命侍兒하여 報,四鄰以會하다.
왈 낙 즉명시아 보사린이회

其一曰, 鄭氏요 其二曰, 吳氏요 其三曰, 金氏요
기일왈 정씨 기이왈 오씨 기삼왈 김씨
其四曰, 柳氏라. 皆,貴家巨族으로 而與女子는 同,
기사왈 유씨 개귀가거족 이여여자 동
閭閈親戚으로 而,處子者也라. 性俱溫和하고 風韻
여한친척 이처자자야 성구온화 풍운
不常이라 而又,聰明識字하여 能爲詩賦라 皆作,七
불상 이우총명식자 능위시부 개작칠
言短篇으로 四首以贐하니 鄭氏는 態度風流하고
언단편 사수이신 정씨 태도풍류
雲鬟掩鬟이라 乃,噫而吟曰,
운환엄환 내희이음왈

春宵花月,兩嬋娟이요 長把春愁,不記年이라.
춘소화월량선연 장파춘수불기년
自恨不能,如比翼이요 雙雙相戲,舞青天이라.
자한불능여비익 쌍쌍상희무청천

漆燈無焰,夜如何리오 星斗初橫,月半斜라.
칠 등 무 염 야 여 하 성 두 초 횡 월 반 사

惆悵幽宮,人不到하여 翠衫撩亂,鬢鬖鬖이로다.
추 창 유 궁 인 부 도 취 삼 요 난 빈 삼 삼

摽梅情約,竟蹉跎는 辜負春風,事已過니라.
표 매 정 약 경 차 타 고 부 춘 풍 사 이 과

枕上淚痕,幾圓點고? 滿庭山雨,打梨花라.
침 상 누 흔 기 원 점 만 정 산 우 타 이 화

一春心事,已無聊한데 寂寞空山,幾度宵오?
일 춘 심 사 이 무 료 적 막 공 산 기 도 소

不見藍橋,經過客하니 何年裴航,遇雲翹하리.
불 견 남 교 경 과 객 하 년 배 항 우 운 교

吳氏는 丫鬟妖弱이라 不勝情態하여 繼吟曰,
오 씨 아 환 요 약 불 승 정 태 계 음 왈

寺裏燒香,歸去來타가 金錢暗擲,竟誰媒리오.
사 리 소 향 귀 거 래 금 전 암 척 경 수 매

春花秋月,無窮恨을 銷却樽前,酒一盃로다.
춘 화 추 월 무 궁 한 소 각 준 전 주 일 배

溥溥曉露,浥桃腮하니 幽谷春深,蝶不來라.
부 부 효 로 읍 도 시 유 곡 춘 심 접 불 래

却喜隣家,銅鏡合하니 更歌新曲,酌金疊로다.
각 희 인 가 동 경 합 경 가 신 곡 작 금 첩

年年燕子,舞東風하고 腸斷春心,事已空이라.
연 년 연 자 무 동 풍 장 단 춘 심 사 이 공

羨却芙蕖,猶竝蔕하니 夜深同浴,一池中이라.
선 각 부 거 유 병 체 야 심 동 욕 일 지 중

一層樓在,碧山中이요 連理枝頭,花正紅이라.
일 층 누 재 벽 산 중 연 리 지 두 화 정 홍

却恨人生,不如樹하여 青年薄命,淚凝瞳이라.
각 한 인 생 불 여 수 청 년 박 명 누 응 동

金氏는 整其容儀하고 儼然染翰하며 責其前詩가
김 씨 정 기 용 의 엄 연 염 한 책 기 전 시

淫佚太甚이라 하고 而言曰,「今日之事는 不必多
음 일 태 심 이 언 왈 금 일 지 사 불 필 다

言이니 但敍光景이라 胡乃陳懷로 以失其節하여
언 단 서 광 경 호 내 진 회 이 실 기 절

傳鄙懷於人間이라.」하고 遂,朗然賦曰,
전 비 회 어 인 간 수 낭 연 부 왈

杜鵑鳴了,五更風에 寥落星河,已轉東이라.
두 견 명 료 오 경 풍 요 락 성 하 이 전 동

莫把玉簫,重再弄하라 風情恐與,俗人通이라.
막 파 옥 소 중 재 롱 풍 정 공 여 속 인 통

滿酌烏程,金叵羅하여 會須取醉,莫辭多하라.
만 작 오 정 금 파 라 회 수 취 취 막 사 다

明朝捲地,東風惡이니 一段春光,奈夢何오?
명 조 권 지 동 풍 악 일 단 춘 광 내 몽 하

綠紗衣袂,懶來垂하고 絃管聲中,酒百巵라.
녹 사 의 메 나 래 수 현 관 성 중 주 백 치

淸興未闌,歸未可하니 更將新語,製新詞리라.
청 흥 미 란 귀 미 가 갱 장 신 어 제 신 사

幾年塵土,惹雲鬟고? 今日逢人,一解顔이라.
기 년 진 토 야 운 환 금 일 봉 인 일 해 안

莫把高唐,神境事하라 風流話柄,落人間이로다.
막 파 고 당 신 경 사 풍 류 화 병 낙 인 간

柳氏는 淡粧素服하여 不甚華麗나 而,法度有常이라 沈默不言하고 微笑而題曰,
유 씨 담 장 소 복 불 심 화 려 이 법 도 유 상 침 묵 불 언 미 소 이 제 왈

確守幽貞,經幾年고? 香魂玉骨,掩重泉이라.
확 수 유 정 경 기 년 향 혼 옥 골 엄 중 천

春宵每與,姮娥伴하고 叢桂花邊,愛獨眠이라.
춘 소 매 여 항 아 반 총 계 화 변 애 독 면

却笑春風,桃李花하고 飄飄萬點,落人家라.
각 소 춘 풍 도 리 화 표 표 만 점 락 인 가

平生莫把,青蠅點하여 誤作崑山,玉上瑕라.
평 생 막 파 청 승 점 오 작 곤 산 옥 상 하

脂粉慵拈,首似蓬이요 塵埋香匣,綠生銅이라.
지 분 용 념 수 사 봉 진 매 향 갑 녹 생 동

今朝幸預,鄰家宴하여 羞看冠花,別樣紅을-.
금 조 행 예 린 가 연 수 간 관 화 별 양 홍

娘娘今配,白面郎하니 天定因緣,契闊香이라.
낭 낭 금 배 백 면 랑 천 정 인 연 계 활 향

月老已傳,琴瑟線하여 從今相待,似鴻光하리라.
월 로 이 전 금 슬 선 종 금 상 대 사 홍 광

女乃感,柳氏는 從篇之語하며 出席,而告曰,
여 내 감 유 씨 종 편 지 어 출 석 이 고 왈

「余亦,粗知字畫라 獨無語乎아.」하고 乃製,近體
여 역 조 지 자 화 독 무 어 호 내 제 근 체

七言으로 四韻하니 以賦에 曰,
칠 언 사 운 이 부 왈

開寧洞裏,抱春愁하고 花落花開,感百憂라.
개 녕 동 리 포 춘 수 화 락 화 개 감 백 우

楚峽雲中,君不見하고 湘江竹下,泣盈眸라.
초 협 운 중 군 불 견 상 강 죽 하 읍 영 모

晴江日暖,鴛鴦竝하고 碧落雲銷,翡翠遊로다
청 강 일 난 원 앙 병 벽 락 운 소 비 취 유

好是同心,雙綰結하니 莫將紈扇,怨清秋하라.
호 시 동 심 쌍 관 결 막 장 환 선 원 청 추

生이 亦能文者라 見其詩하고 法清高하여 音韻이
생 역능문자 견기시 법청고 음운
鏗鏘喈喈不已라 卽於席前에서 走書하여 古風,長
갱장차차불이 즉어석전 주서 고풍 장
短篇一章으로 以答하여 曰,
단편일장 이답 왈

今夕何夕고? 見此仙姝로다.
금석하석 견차선주

花顔何婥妁하며 絳脣似櫻珠로다.
화안하작작 강순사앵주

風騷,尤巧妙하여 易安,當含糊하리라.
풍소우교묘 이안당함호

織女投機,下天津하고 嫦娥抛杵,離清都라.
직녀투기하천진 항아포저이청도

靚粧照此,玳瑁筵하여 羽觴交飛,清讌娛니라.
정장조차대모연 우상교비청연오

殢雨尤雲,雖未慣이나 淺斟低唱,相怡愉로다.
체우우운수미관 천짐저창상이유

自喜誤入,蓬萊島하여 對此仙府,風流徒로다.
자희오입봉래도 대차선부풍류도

瑤漿瓊液,溢芳樽하고 瑞腦霧噴,金猊爐로다.
요장경액일방준 서뇌무분금예로

白玉牀前,香屑飛하고 微風撼彼,青莎廚라.
백옥상전향설비 미풍감피청사주

眞人會我,合巹巵하니 綵雲冉冉,相縈紆로다.
진 인 회 아 합 근 치 채 운 염 염 상 영 우

君不見,文簫遇,彩鸞과 張碩逢,杜蘭을-.
군 불 견 문 소 우 채 란 장 석 봉 두 란

人生相合,定有緣하니 會須擧白,相闌珊이라.
인 생 상 합 정 유 연 회 수 거 백 상 란 산

娘子何爲,出輕言고? 道我掩棄,秋風紈이라.
낭 자 하 위 출 경 언 도 아 엄 기 추 풍 환

世世生生,爲配耦요 花前月下,相盤桓이라.
세 세 생 생 위 배 우 화 전 월 하 상 반 환

酒盡相別에 女는 出,銀椀一具로 以贈生曰,「明
주 진 상 별 여 출 은 완 일 구 이 증 생 왈 명

日에 父母,飯我于,寶蓮寺하리니 若不遺我면 請遲
일 부 모 반 아 우 보 련 사 약 불 유 아 청 지

于,路上에서 同歸梵宇하리니 同覲父母如何오?」하
우 로 상 동 귀 범 우 동 근 부 모 여 하

니 生이 曰,「諾다.」하다.
생 왈 낙

生이 如其言으로 執椀待于,路上하니 果見,巨室
생 여 기 언 집 완 대 우 로 상 과 견 거 실

右族으로 薦,女子之大祥으로 車馬駢闐으로 上于
우 족 천 여 자 지 대 상 거 마 병 전 상 우

寶蓮하다. 見,路傍에 有一書生이 執椀而立하다. 從
보 련 견 로 방 유 일 서 생 집 완 이 립 종

者曰,「娘子殉葬之物을 已爲他人이 所偸矣라.」하
자 왈 낭 자 순 장 지 물 이 위 타 인 소 투 의

다. 主曰,「如何오?」하니 從者曰,「此生이 所執之椀
주 왈 여 하 종 자 왈 차 생 소 집 지 완

이니다.」하니 遂,聚馬以問하니 生이 如,其前約以對
수 취 마 이 문 생 여 기 전 약 이 대

하니 父母,感訝하다가 良久에 曰,「吾止有,一女子하
부 모 감 아 양 구 왈 오 지 유 일 여 자

니 當,寇賊傷亂之時에 死於干戈하나 不能窀窆하
당 구 적 상 난 지 시 사 어 간 과 불 능 둔 폄

고 殯于,開寧寺之洞하고 因循不葬이라 以至于今
빈 우 개 녕 사 지 동 인 순 부 장 이 지 우 금

에 今日,大祥已至하여 暫設齋筵하여 以追冥路라.
금 일 대 상 이 지 잠 설 재 연 이 추 명 로

君如其約이면 請竢女子以來하여 願勿愕也하라.」
군 여 기 약 청 사 여 자 이 래 원 물 악 야

하고 言訖에 先歸하다. 生이 佇立以待하니 及期에
언 흘 선 귀 생 저 립 이 대 급 기

果,一女子가 從侍婢하고 腰裊而來하니 卽,其女也
과 일 여 자 종 시 비 요 요 이 래 즉 기 녀 야

라. 相喜携手而歸하여 女,入門禮佛하고 投于素帳
상 희 휴 수 이 귀 여 입 문 예 불 투 우 소 장

之內하다. 親戚寺僧은 皆不之信이나 唯生은 獨見
지 내 친 척 사 승 개 불 지 신 유 생 독 견

女하니 謂,生曰,「可同茶飯이라.」하다. 生이 以其言
녀 위 생 왈 가 동 차 반 생 이 기 언

하고 告于父母하다. 父母試驗之하여 遂命同飯하니
고 우 부 모 부 모 시 험 지 수 명 동 반

唯聞,匙筯聲이 一如人間하다. 父母,於是에 驚歎하
유 문 시 근 성 일 여 인 간 부 모 어 시 경 탄

며 遂,勸生하여 同宿帳側하니 中夜에 言語琅琅이
수 권 생 동 숙 장 측 중 야 언 어 랑 랑

라 人欲細聽이면 驟止其言이라.
인 욕 세 청 취 지 기 언

曰,「妾之犯律을 自知甚明이라 少讀詩書에 粗
왈 첩지범률 자지심명 소독시서 조

知禮義라 非不諳,褰裳之可愧와 相鼠之可赧이라
지예의 비불암건상지가괴 상서지가난

然이나 而久處蓬蒿하고 抛棄原野하여 風情一發에
연 이구처봉호 포기원야 풍정일발

終不能戒라 曩者에 梵宮祈福으로 佛殿燈香하며
종불능계 낭자 범궁기복 불전등향

自嘆,一生之薄命이러니 忽遇,三世之因緣하다. 擬
자탄일생지박명 홀우삼세지인연 의

欲荊釵椎髻하고 奉,高節於百年하여 幕酒縫裳하
욕형채추고 봉고절어백년 막주봉상

고 修,婦道於一生이니다. 自,恨業不可避하여 冥道
수부도어일생 자한업불가피 명도

當然하고 歡娛未極하여 哀別遽至이니다. 今則,步
당연 환오미극 애별거지 금즉보

蓮入屛하여 阿香輾車하고 雲雨霽於陽臺하고 烏
련입병 아향전거 운우제어양대 오

鵲散於天津이라 從此一別하면 後會難期로다. 臨
작산어천진 종차일별 후회난기 임

別凄惶하니 不知所云이라.」하니 送魂之時에 哭聲
별처황 부지소운 송혼지시 곡성

不絶하고 至于門外에 但,隱隱有聲曰,
부절 지우문외 단은은유성왈

冥數有限하여 慘然將別이라.
명수유한 참연장별

願我良人이여 無或疎闊하라.
원아양인 무혹소활

哀哀父母여 不我匹兮로다.
애 애 부 모 불 아 필 혜
漠漠九原에서 心糾結兮로다.
막 막 구 원 심 규 결 혜

餘聲이 漸滅하여 嗚哽不分이라 父母,已知其實
여 성 점 멸 오 경 불 분 부 모 이 지 기 실
하고 不復疑問하다. 生이 亦知其,爲鬼하고 尤增傷
불 부 의 문 생 역 지 기 위 귀 우 증 상
感하여 與,父母로 聚豆而泣하니 父母謂,生曰,「銀
감 여 부 모 취 두 이 읍 부 모 위 생 왈 은
椀任君하니 所用하라 但,女子에 有田數頃하고 蒼
완 임 군 소 용 단 여 자 유 전 수 경 창
赤數人하여 君當,以此爲하니 信勿忘,吾女子하라.」
적 수 인 군 당 이 차 위 신 물 망 오 녀 자
翌日에 設,牲牢朋酒하고 以尋前迹하니 果一,殯葬
익 일 설 생 뢰 붕 주 이 심 전 적 과 일 빈 장
處也하다. 生이 設奠哀慟하여 焚楮鏹于前하고 遂
처 야 생 설 전 애 통 분 저 강 우 전 수
葬焉하며 作文以,弔之曰,
장 언 작 문 이 조 지 왈

「惟靈은 生而溫麗하고 長而淸淳하며 儀容,侔於
유 령 생 이 온 려 장 이 청 순 의 용 모 어
西施하고 詩賦는 高於淑眞이라 不出香閨之內에
서 시 시 부 고 어 숙 진 불 출 향 규 지 내
常聽,鯉庭之箴하고 逢亂離而璧完이라 遇,寇賊而
상 청 이 정 지 잠 봉 난 이 이 벽 완 우 구 적 이

珠沉하여 托,蓬蒿而獨處에 對花月而傷心하고 腸
주 침 탁 봉 호 이 독 처 대 화 월 이 상 심 장
斷春風하여 哀,杜鵑之啼血이라 膽裂秋霜하고 歎,
단 춘 풍 애 두 견 지 제 혈 담 렬 추 상 탄
紈扇之無緣이로다 嚮者에 一夜邂逅하여 心緒纏
환 선 지 무 연 향 자 일 야 해 후 심 서 전
綿이라 雖識,幽明之相隔이나 實盡魚水之同歡이
면 수 식 유 명 지 상 격 실 진 어 수 지 동 환
라 將謂百年以偕老나 豈期一夕而悲酸이리요 月
장 위 백 년 이 해 로 기 기 일 석 이 비 산 월
窟驂鸞之姝하고 巫山行雨之娘이라 地黯黯而莫
굴 참 란 지 주 무 산 행 우 지 낭 지 암 암 이 막
歸하고 天漠漠而難望이라 入不言兮恍惚하고 出
귀 천 막 막 이 난 망 입 불 언 혜 황 홀 출
不逝兮蒼茫이로다. 對靈하여 幃而掩泣하고 酌瓊
불 서 혜 창 망 대 령 위 이 엄 읍 작 경
漿而增傷이라 感,音容之窈窈하고 想,言語之琅琅
장 이 증 상 감 음 용 지 요 요 상 언 어 지 랑 랑
이라 嗚虖哀哉라 爾性聰彗하고 爾氣精詳이라 三
오 호 애 재 이 성 총 혜 이 기 정 상 삼
魂縱散이나 一靈何亡이리요 應,降臨而陟庭하니
혼 종 산 일 령 하 망 응 강 임 이 척 정
或,薰蒿而在傍이라 雖,死生之有異라도 庶有感於
혹 훈 호 이 재 방 수 사 생 지 유 이 서 유 감 어
些章하노라.」하다.
사 장

後에 極其情哀하고 盡賣,田舍하여 追薦,再三夕
후 극 기 정 애 진 매 전 사 추 천 재 삼 석

하니 女於空中에서 唱曰,「蒙君薦拔로 已於他國에
여어공중 창왈 몽군천발 이어타국

爲男子矣로다 雖隔幽明이나 寔深感佩리요 君當
위남자의 수격유명 식심감패 군당

復修淨業하여 同脫輪廻하소서.」하다. 生은 後에 不
부수정업 동탈윤회 생 후 불

復婚嫁하고 入智異山採藥하여 不知所終이러라.
부혼가 입지이산채약 부지소종

| 어려운 낱말 |

[樗蒲(저포)]: 백제 때 놀이의 한 종류. 나무로 만든 주사위를 던져 승부를 결정하던 놀이의 한 가지. 일종의 도박임. [曩(낭)]: 지난번, 접때. [翶翔(고상)]: 빙빙 돌아서 날다. [裀褥(인욕)]: 요, 이부자리. [瀼瀼(양양)]: 이슬이 흠뻑 젖은 모양. [笑傲(소오)]: 조소하다. 비웃다. [黠(힐)]: 교활하다, 간교하다. [詰朝(힐조)]: 밝은 아침. [繾綣(경권)]: 다정스러운 모습. [裀褥(인욕)]: 속옷이나 방에 까는 요. [繾綣(견권)]: 정답고 곡진하다. [鬢鬖(빈삼)]: 머리가 아름다움. 귀밑머리. [溥溥(부부)]: 넓고 크다. [巵(치)]: 술잔(치). [瑕(하)]: 옥의 티(하). [鏗鏘(갱장)]: 금과 옥이 부딪치는 소리. [靉靉(애애)]: 구름이 많이 끼다. [唶唶(차차)]: 탄식하다. [冉冉(염염)]: 앞으로 나아가다. [黯黯(암암)]: 어두움. [嗚虖(오호)]: 슬피 울부짖다.

제1부

만복사에서 저포놀이하는 이야기

만복사저포기萬福寺樗蒲記

옛날 남원 땅에 양생梁生(성이 梁씨이고, 생은 호칭으로 사용하는 호격임)이란 자가 있었다. 그는 일찍이 부모를 여의고 아내도 없이 홀로 만복사 동쪽 마을에 살고 있었다. 방 밖에는 배나무 한 그루가 서있어 바야흐로 봄을 맞아 꽃이 한창 피어 있었는데, 마치 옥구슬이 총총히 맺혀있는 듯했다. 양생은 매일 밤에 낭랑하게 시를 읊으며 그 밑으로 천천히 걷고 있었다.

그가 읽은 시는 다음과 같았다.

한 구루 배꽃 나무 고요함을 벗 삼아
가련한 이 밝은 달밤 헛되이 보내는구나!
이 청년 나 홀로 창가에 누웠나니
어느 곳 아름다운 봉소鳳簫는 누가 부는가?
물총새 외롭게 짝 잃고 날아가고

원앙새는 홀로 맑은 강에 노니노라.

누구 집 누구와 같이 바둑 두자 약속하여

운명 같은 이 밤,

외로운 등불만 짝하여 창에 기대있네.

이 시를 읊고 나니 갑자기 공중에서 소리가 들려오는데, 「그대가 좋은 짝 얻으려는데 무슨 걱정을 그리하는가?」라고 하기에 양생은 마음속으로 기뻐하니, 그때가 바로 3월 24일이었다. 그 고을 풍속에 만불사에서 연등놀이가 있었는데, 그도 거기 가서 복을 빌고 있었는데, 많은 아가씨들이 모여 각자 자기의 복을 빌고 있었다. 밤이 늦으니 사람들이 드물어지고 있었고 양생은 소매 속에서 저포를 꺼내어서 부처님 앞에 가서 그것을 던지며 말했다. 「부처님, 오늘 제가 부처님 앞에서 저포놀이 시합을 하고자 하오니, 제가 만약 지게 되면 불전을 베풀고 불공을 드리지요. 만약 부처님께서 지신다면 아름다운 여인을 얻어 제 소원을 풀게해 주셔요.」 했다. 부처님 앞에서 빌기를 끝내고 드디어 저포를 던졌다. 양생이 결국 이겼다. 곧 부처님 앞에 가서 일러 말하기를, 업業(부처님과의 약속)이 이미 정해졌으니 업業을 어찌 가하지 않으십니까? 하고는 불좌 아래 숨어서 그 약속을 기다렸다.

조금 기다리고 있으니 아름다운 여인이 나타났다. 나이는 십

5, 6세 되어 보이고 머리를 다듬어 얼굴 모양이 단아한 것이 마치 하늘의 선녀와 같아서 바라볼수록 요염하고 귀여웠다. 손에는 기름병을 들고 와서 등불을 켜고 향을 꽂고 절을 세 번이나 하더니 탄식하여 말하기를, 인생의 박명함이 어찌 이와 같을까요? 하고는 드디어 품 속에서 글 한 편을 꺼내서 탁자 앞에 놓으니 그 글에 이르기를,

「어느 고을, 어느 곳에 사는 아무개는 지난번에 왜구들이 침략하여 막지 못하고, 그 왜구들의 창칼이 눈에 훤하고 봉화는 해마다 산에서 이어졌습니다. 그 왜구들이 집들을 태우고 백성을 노략질하니 백성들은 동서남북으로 달아나 숨고 좌우에서 붙잡히고 친척과 노비들이 각각 흩어져 헤어졌습니다. 저는 수양버들처럼 연약한 몸으로 멀리 가지 못하고 스스로 깊이 안방에 숨어서 끝내 정절을 지켜 몸을 더럽히지 않았고, 아침이슬처럼 떨어지지 않아서 마침내 횡액의 화를 피하게 되었습니다. 부모님은 여자로서의 절개를 잃지 않았다고 하여 전란을 피하여 초야에 파묻혀서 살아온 지 이미 3년이랍니다. 그러나 가을의 달과 봄날의 꽃처럼 상심함이 커서 헛되게 보냈습니다. 들판의 구름처럼 흐르는 강물처럼 무료하게 세월만 보냈으며, 그윽하고 텅 빈 골짜기에 살면서 평생토록 박명함을 한탄하며 좋은 밤을 보내다가 아름다운 새(난새)가 짝을 잃고 혼자 노닐듯 하였습니다. 날이 가고 달이 가서 혼백마저 죽어지고 여름 저

녁 겨울밤에 애간장이 끊어진듯 아팠습니다. 오직 원하기에 생애의 앞길은 정해진 업보와 같아서 운명 같은 인연이 있다면 일찍 즐거움을 얻어서 간절한 기도가 헛되지 않게 하소서.」했다.

아가씨는 글을 내던지고 소리 내어 울고 있으니, 양생이 그 틈새로 그 아가씨의 얼굴과 자태를 보고 마음을 진정하지 못하여 뛰쳐나오며 말하기를,

「조금 전 던진 그 글은 무슨 사연이요.」했다.

아가씨의 글을 읽어보고 양생은 기쁨이 넘쳐흘렀다.

그래서 아가씨에게 말하기를,

「그대는 어떤 사람이기에 혼자 여기에 왔어요?」하니,

아가씨가 대답하기를,

「나 역시 사람이에요. 무엇을 의심하고 있나요? 그대는 배필을 구하는 것이니 성명을 물을 필요가 있나요? 어찌 이같이 앞뒤가 바뀐 것 같네요.」했다.

그때는 이미 만복사가 퇴락하여 스님들도 한쪽 구석에 살고 있었다. 그 앞에는 다만 낭무廊廡만 쓸쓸하게 남아 있을 뿐이었다. 그 회랑이 있는 곳에는 좁은 마루방이 하나 있었는데, 양생은 아가씨의 손을 끌고 가니, 아가씨는 어렵잖게 서로 즐겁게 이야기하며 가는 것이 인간과 다름이 없었다.

한참 있으려니 이미 밤중이 되었다. 달은 동산 위로 떠올라

달그림자 창가에 비치는데, 그때 갑자기 발자국 소리가 들리니 아가씨가 말하기를,

「누구냐? 시녀가 온 것이냐?」 하니, 시녀가

「네! 그렇습니다. 그저께는 낭자께서 불과 중문까지 나가시지 않으셨고 걸음도 몇 발자국을 걷지 않으셨는데, 어제저녁 우연히 나가시어 어찌 여기까지 나오셨습니까?」 하니,

그녀가 말하기를,

「오늘의 일은 우연한 일이 아니고 하늘이 도운 일이요, 부처님께서 도운 일이로다. 훌륭한 분과 만나 평생 해로하기 위해서다. 부모님의 허락 없이 혼인해서는 안 된다고 옛날 법에 명기되어 있지만 이같이 즐거운 만남은 평생에 즐거운 인연일 것이다. 초가집으로 가서 자리와 술, 그리고 과일을 가져오라.」고 했다.

시녀는 그 말을 듣고 바로 가서는 뜰에 자리를 깔고 초례상을 차렸을 때는 벌써 새벽 두세시가 되었다. 상 위에 차려진 음식은 소박하고 아름답지는 않아도 좋은 술에서 나오는 향기로움은 참으로 인간 세상에서는 맛볼 수 없는 것이었다. 양생은 비록 의아하고 괴이하게 느꼈으나 아가씨가 정답게 말하는 모습이나 아름다운 몸가짐을 보니 반드시 양반집 규수가 담을 넘어 왔다는 사실을 의심치 않았다. 술잔을 올리고는 시녀에게 노래를 부르라고 일렀다.

그리고 양생에게 말하기를,

「저 아이의 노래는 옛날 노래이니, 청컨대 제가 노래를 지어 불러올림이 어떠하올지요.」했다.

양생은「좋습니다.」하니,

아가씨가『만강홍滿江紅』이란 노래 한가락을 지어 시녀에게 부르라고 했다.

그 노래는 다음과 같았다.

차가운 봄추위에 비단옷 엷어서
향로에는 향불도 꺼져 얼마나 차가운가?
해 저문 날에
산은 짙푸른 구름 양산을 펼친 듯.
비단 장막 원앙금침 누구와 함께할꼬?
빛 좋은 금비녀 비스듬히 꽂고 피리를 부니
아까운 세월은 화살처럼 지나가리.
등불은 꺼지고 은銀 병풍이 낮으막한데
헛되이 훔치는 눈물 그 누가 알아주랴.
기쁜 오늘 밤에 이 한 곡조 피리 불어
그 누가 천고의 한을 깨트려 주리요?
가느다란 그의 노래, 그 옛날 노래처럼 불러서
여기 싸인 회포를 그 뉘가 깨뜨려 주랴?

노래가 끝나자 아가씨는 슬픈 빛으로 말을 했다.

「지난날 봉래섬(蓬萊島)에서 그때 약속한 것은 잃었지만 오늘 소상강瀟湘江 옛 정든 이를 만났으니, 이 어찌 하늘이 내리신 행복이 아닌가요? 그대가 나를 버리지 않으시고 일생의 아내가 되게 하였으니, 만약 나의 소원이 이루어지지 않으셨다면 우리들은 하늘과 땅처럼 멀어지고 말았을 거예요.」

양생이 이 말을 듣고 한쪽은 감동하고, 또 한편은 놀라서 말하기를,

「감히 어찌 그 말을 따르지 않으리오.」 했다.

그러나 그 태도가 평범하지 않으니, 양생은 그녀를 유심히 익혀 살펴보았다. 그때 달은 이미 서쪽 산봉우리에 걸리고 닭은 황량한 마을에서 들려왔다. 절간의 종소리도 처음 울렸으며 먼동이 장차 터오려고 했다.

아가씨가 시녀에게 말하기를,

「얘야, 이제 자리를 걷고 돌아가자!」 하고는

그 시녀는 어디를 갔는지 간 곳을 알 수 없었다.

아가씨가 말하기를,

「인연이 이미 정해져 있으니 함께 우리 손을 잡고 갑시다.」 하니, 양생이 그녀의 손을 잡고 마을을 지나오니 마을 울타리 가에서 개가 짖고 사람들도 길을 가고 있으나 길 가는 사람들은 양생과 아가씨가 함께 가는 줄을 알지 못했다.

다만 말하기를,

「그대는 일찍 어디를 가는 것이요?」

양생이 대답하기를,

「마침 술에 취하여 만복사에 누웠다가 친구의 마을 집을 찾아가는 길이요.」 했다. 새벽이 밝아오는 아침에 아가씨를 데리고 무성한 숲속으로 들어갔다. 그곳에는 이슬이 흠뻑 내려 작은 길이라도 찾아갈 수가 없을 정도였다.

양생이 말하기를,

「어찌 사는 곳이 이 같은 곳이었어요?」 하니, 아가씨가 말하기를,

「혼자 사는 여자의 거처는 정말 이와 같을 뿐이지요.」

아가씨는 농담처럼 말하며, '시경'의 글귀 하나를 읊었다.

「이슬 젖은 행로가
어찌 아침저녁을 가리랴?
가는 길에 이슬이 많다고 하네요.」 하니

양생도 곧 받아서 '시경' 한 구절로 화답했다.

「어슬렁거리는 저 여우
저 기수의 다리 위에 노니노라.
노나라 도道가 방탕하다 하더니

제齊나라 아가씨는 잘도 놀고 있네.」

하고는, 시를 읊으면서 소리 높여 웃고 있었다. 드디어 개녕동開寧洞에 함께 갔었다. 쑥대가 온 들판을 덮고 가시덤불이 하늘을 덮은 듯 빽빽했다. 그 속에 집이 한 채 있었는데, 비록 조그마하지만 매우 아름다웠다. 양생을 맞이하여 함께 들어가니 방안에는 이부자리와 장막이 잘 정리되어 있었고 마치 어젯밤에 정리해둔 것 같았다. 거기서 3일을 머무른 것이 즐겁기가 평생을 산 것과 같았다. 시녀는 아름다우면서 교활하지 않았다. 그릇은 깨끗하면서 화려하지도 않았다. 그것은 이 세상에서는 쓰지 않은 것 같다는 다정한 느낌이 들어서 다시 생각하지 않기로 했다.

조금 있으려니 아가씨가 양생에게 일러 말하기를,

「이곳의 3일은 인간 세상에서 3년이 안됨이 아니에요. 낭군님은 마땅히 집으로 돌아가서 생업을 돌아보셔야 하니, 곧 향연을 베풀어드리고 보내드리리라.」 하니,

양생이 슬픔을 머금고 하는 말이 「어찌 이렇게 급히 이별을 해야 해요?」

아가씨가 말하기를,

「마땅히 다시 만나 평생의 소원을 다할 것이요, 오늘의 이 집에 오신 것은 반드시 묵은 인연으로 마땅히 이웃 마을 친지들과 만나보는 것이 어떻습니까?」 하니,

양생이 말하기를,

「좋습니다.」하고, 즉시 시녀를 명하여 사방 이웃에 알리라고 했다.

그 첫째는 정鄭씨요, 둘째는 오吳씨요, 셋째는 김金씨요, 넷째는 유柳씨였다. 모두 귀한 집안의 거족巨族으로 그 여자들과 더불어 마을과 친척으로 모두 시집을 안 간 처녀들이었다. 성격이 온화하고 그 모양이 보통이 아니었다. 총명하고 또한 식견이 있어 시와 노래(賦)를 잘 지었다. 모두 칠언 단편으로 4수씩을 지었으니, 정씨는 풍류風流로운 태도를 지녔고 그녀의 구름 같은 머리카락은 귀밑을 덮었다.

이에 슬피 그 시를 읊으니,

춘야春夜의 꽃과 달, 모두 아름다운데
봄의 시름 길게 안고 나이마저 잊었네.

나 스스로 비익조比翼鳥가 되지 못하여
쌍쌍이 푸른 하늘에 춤추지 못함을 한하노라.

등불 없어 칠흑 같은 밤 어이하리요
북두北斗는 기울고 달도 절반은 넘어가노니

슬프구나! 그윽한 궁에 이르지 못하여

푸른 적삼 흐트러져 귀밑머리를 덮네.

매화 질 때의 혼인 언약 마침토록 이루지 못하니
헛되이 그 약속 봄바람에 져버렸네.

베갯머리 얼룩진 눈물 흔적 몇 군덴가?
뜰에 가득한 산비[山雨] 내려 배꽃을 적시는구나!

일지춘심一枝春心도 어찌 무료하구나!
적막공산에 몇 날 밤을 헛되이 지냈던고?

남교藍橋를 지나는 과객도 볼 수가 없으니
어느 해에 배항裴航이 운교雲翹를 만나리.

오吳씨 아가씨가 두 갈래로 머리 땋아 참 예쁘고 아리땁고 연약했다. 북받치는 정념을 잊지 못하여 앞의 정씨의 뒤를 이어서 또 시를 읊었다.

절에 가서 향불 올리고 돌아와 동전銅錢을 몰래 던져 누구를 만나리오.

봄바람 가을 달의 무궁한 이 한恨, 단지 속에 한 잔 술로 녹여볼거나

새벽이슬 흠뻑 붉은 볼에 젖으니
그윽한 골짜기에 봄 깊어도 나비는 오지 않네.

해마다 제비는 봄바람에 춤을 추고 애끊는 춘심은 이미 공허하여라.
저 연꽃은 쌍쌍 피었는데, 이 밤 깊으면 함께 못에 목욕이나 하지.

누각은 푸른 산속에 있고 연리지連理枝는 그 위에 꽃이 붉었구나!
우리 인생 저 나무만 못함을 한탄하고 청춘의 박명함이 눈동자에 맺혔구나.

김金씨는 옷깃을 바로잡고 용의가 단정하여 엄연하게 글을 지어서 앞에 지은 시들이 음란함이 크다고 하며 말하기를,
「오늘 일은 많은 말이 필요 없으니, 다만 그 서경敍景을 담은 것이라. 어찌 회포를 진술함이 그 절조를 잃어 인간에 전하리오.」하고는 드디어 낭랑하게 노래를 읊었다.

두견새 울음 뒤에 어느덧 5경, 고요히 기우는 저 별 어느덧 동으로 지구려.
옥피리 잡고 불지마라 풍경과 정서로서 인간이 속될까봐 두렵네.

금파라金叵羅(술잔 이름) 술잔에 좋은 술 가득 부어 취하여 말 많

이 하지 말게.

내일 아침 이 땅에 봄바람 사나워 일장춘몽이 한자락 꿈인 것을-.

얇은 사紗 비단옷 게으르게 드리우고 현악絃樂 소리에 술이 백잔이라네.

청흥이 아직 끝나지 않았으니 또다시 새 말로서 새 노래 지으리라.

몇 해나 먼지 속에 이 머리 어지럽혔냐? 오늘 인간을 만나 얼굴 한번 펴고 살자.

고당高唐에서 만나 정사情事 나눈 일, 그 이야기 인간 속에 떨어졌네.

유柳씨 아가씨는 옅은 화장에 소복을 입고 심하게 화려하지는 않으나 법도와 예절이 있었다. 침묵을 지키고 말하지 않고 있다가 미소를 지으며 시 한 수를 읊었다.

정절 지킴이 몇 년을 지났는가? 향기로운 영혼 옥골玉骨은 깊이 묻혀 있었다네.

봄밤엔 늘 항아姮娥와 짝하고 계수나무 꽃가지 밑에 나 홀로 잠자기 좋아하네.

춘풍春風 도리화桃李花는 바람에 미소 짓고 꽃잎은 바람에 날려 떨어지네.

평생토록 점,점,점, 파리똥 잡지 않아 곤륜산 옥돌 위에 잘못 티를 만들었네.

분바르고 기름 바르기 게을리하여 봉두난발, 티끌 속 화장경은 녹이 슬었네.

오늘 아침 요행히 이웃집 잔치에서 화관 꽃 유별남을 부끄럽게 여겼네.

오늘 흰 얼굴 신랑을 만나니 하늘이 정해준 인연 향기롭구나.

매파媒婆 월로月老는 금슬琴瑟 전하여 양홍梁鴻과 맹광孟光처럼 존대하라.

아가씨가 유柳씨의 시의 종장에 감동하며 자리에서 일어서며 말하기를,

「나 역시 조금은 글을 앎이라 홀로 말이 없을쏜가?」 하고는, 곧 근체시 7언으로 4수를 지으니 그 노래에 이르기를,

개녕동開寧洞의 봄의 시름 가슴에 안고, 꽃 지고 피는 온갖 시름 다 느끼네.

초나라 무협巫峽, 구름을 그대는 보지도 못하고 소상강瀟湘江 대

나무 아래서 눈물을 흘리네.

맑은 강 햇살은 따뜻하여 원앙새 짝지어 벽락碧落 하늘에 구름 걷히도다.

좋을시고 동심으로 서로 맺으니 서늘한 비단부채 청추淸秋를 원망하지 말아요.

양생 역시 글하는 사람이라 그 시를 보고 시법詩法이 청고淸高하고 시의 운율이 너무 좋아 칭찬하여 마지않았다. 곧 그 즉석에서 붓을 날려 고풍 장편 1장으로 화답하여 읊기를,

오늘 저녁 무슨 저녁인가 선녀님을 뵙는 날이로다.

꽃 같은 얼굴 어찌 그리 아름다우며 입술은 마치 앵두알 같아라!

그 노래와 시는 더욱 교묘하며 이안易安이나 이청조李淸照도 입을 열지 못하리.

직녀는 짜던 베를 하늘가에 던지고 항아가 달에서 절굿공이를 내려놓고 청도淸道를 떠났는가?

고운 단장 대모玳瑁 자리에 어려 우상 잔을 서로 날려 그 술잔 즐겁네.

남녀의 사랑은 익숙하지 않았으나 술 마시고 노래하니 기쁘고 즐거워라. 스스로 기뻐하며 봉래산에 들어가서 신선세계 풍류도를 만났도다.

신선 술 요장瑤漿 경액瓊液이 향기로운 술단지에 넘쳐흐르고 금사자金獅子 향로에는 서뇌향瑞腦香(향기의 종류) 연기가 날리네.

백옥 같은 상 앞에는 향기 날리고 미풍은 청사 비단 주방에 물결치네.

신선들이 모여서 합근合巹 술잔 주나니 영롱한 채색 구름 뭉게뭉게 둘러있네.

문소文蕭가 오채란吳彩鸞(인명)을 만난 것을 보지 못했나? 장석張碩이 두란향杜蘭香 만난 것을 보지 못했는가? 인생이 서로 만난 것도 인연이 정했나니 잔을 들고 술 마시세 잔치는 끝이 났네.

낭자는 어찌 경만스런 말을 하는고, 나의 가을바람 비단부채 버리지 말라 일렀지요

세세한 우리 인생 그대 배필로 만나 꽃 앞에서 달 아래서 손잡고 배회하세라.

술이 끝나 서로 이별할 때 아가씨는 은그릇 한 벌을 선물로 주면서 하는 말이,

「내일 보련사에서 밥을 주리니, 만약 나를 버리지 않는다면 청하오니 길 위에서 나를 만나 함께 집으로 가서 우리 부모님을 만나 뵙는 게 어떠한지요? 기다려주세요.」하니,

양생이 「좋습니다.」했다.

양생이 그 말과 같이 은그릇 한 벌을 들고 길 위에 기다리니,

과연 큰 명문가의 딸이 대상을 치러 수레와 말을 타고 길을 메우며 '보현사'로 가고 있었다. 보니 길가의 한 선비가 은그릇을 들고 서 있었다.

하인이 주인에게 이르기를,

「아가씨 무덤에 순장한 물건을 이미 다른 사람이 파서 훔쳐 갔어요.」했다.

주인이 놀라 말하기를,

「무엇이 어째?」하니,

하인이 말하기를,

「여기 이 서생이 은그릇을 들고 있습니다.」하니, 주인이 말을 멈추고 은그릇을 들고 있는 이유를 물었다.

양생이 그전에 약속한 그대로를 대답하니, 이 말을 들은 부모가 의아하게 느껴 감탄해 하다가 오랜 후에 하는 말이,

「내가 딸이 하나 있었는데, 왜구의 난을 만나 왜놈의 창칼에 죽었고, 아직 무덤으로 장사를 지내지 못하고 임시 빈소를 '개녕사' 골짜기에 장사도 못 지내고 미루어 왔었네. 오늘에 이르러서 비로소 대상에 이르렀네. 그래서 잠시 동안 자리를 마련하여 추모의 자리를 만들었네. 그대가 만약 그 약속이면 청컨대, 내 딸을 기다려 여기에 와서 놀라지 말지어다.」하고는 말을 마치고 먼저 돌아갔었다.

양생은 거기 우두커니 서서 기다리니 급기야 한 여자가 와서 시녀를 데리고 허리를 살랑대며 오니, 두 사람은 만나서 기쁘게 손을 잡고 절로 올라가서 아가가 먼저 문에 들어가서 예불을 올리고 그리고는 휜 장막 안으로 들어갔다.

친척과 절의 스님들은 모두 이를 믿지 않았으나 오직 양생만은 홀로 그 아가씨를 보고 양생에게「함께 차와 밥을 먹겠느냐?」고 했다.

양생이 그 말을 하고 부모에게 알렸다. 그러니 부모님이 시험하고자 하여 드디어 함께 밥을 먹으니 오직 수저 소리만 인간과 꼭 같이 들려올 뿐이었다. 부모가 이에 경탄하여 드디어 양생에게 권하여 함께 장막을 걷고 잠을 자라고 하니, 밤중에 거기서 소곤소곤하는 소리를 낭랑하게 들을 수 있었다.

아가씨가 말하기를,

「제가 예절과 법도를 범했다는 것은 저 자신이 똑똑히 알고 있습니다. 어린 시절에 시와 글을 읽었기 때문에 예의를 잘 알지요 '시경'의『건상장』과『상서장』에서 말한 것을 알고 있기에 부끄러운 것인 줄 모르는 것도 아닙니다. 그러나 오랜 세월 동안 쑥대밭 속에서 살고 들판에 버려져 살았기 때문에 남녀의 정분에 마침내 경계하지 못했음이라. 저번에 절에서 부처님께 향불을 올리며 제가 박명함을 자탄하였더니, 그래서 문득 3세의 인연인 낭군님을 만나게 되었어요. 그래서 비녀도 찌르고 머리도 얹게 되고 백년의 높은 절계를 받들어 술과 밥을 지어드리고 옷도 지어드리어서 여자 일생의 도리를 닦았습니다. 그러나 스스로의 한스러운 업보를 피할 수 없어서 저의 명도 당연했고, 환락과 즐거움이 끝을 맞아서 슬피 이별하기에 이르렀습니다. 지금인즉, 걸음마다 연꽃이 생겨나서 병풍 속으로 들어가고 아향阿香도 수레를 몰고 양대陽臺엔 구름과 안개도 걷히고 하늘 나루에는 오작교도 흩어졌어요. 이로부터 한번 이별하면 다시 만날 기약도 어렵게 되었네요. 이별에 임하여 슬프고 안타까움을 무엇에 비할 바가 없네요.」했다.

영혼을 떠나보낼 때 울음소리가 그치지 않고 문 밖에까지 은은한 소리가 들려왔다.

그 소리에 이르기를,

> 저승의 운수는 한계가 있으니 슬프게도 이별을 하네요.
> 원하옵나니 그대여, 혹시라도 잊지 말아주세요.
> 슬프도다! 부모님이시여! 제가 할 일을 다 못했구료.
> 아득한 저 구천에 가서 마음을 맺을까 함이로다.

그 남은 음성이 점점 멀어져 가서 울음소리도 분명하지 않았다. 그래서 그의 부모님도 그 사실을 알고 다시 의심하지 않았다.

양생 또한 아가씨가 귀신이 된 것을 알고 더욱더 마음이 아팠으며, 그의 부모와 더불어 머리를 맞대고 통곡하니 부모가 양

생에게 일러 말하기를,

「은그릇을 그대에게 주노니 필요하게 쓰라. 그리고 딸아이 앞으로 논밭이 몇 마지기 있고, 노비도 몇 있어 마땅히 그대에게 주노니 우리 딸을 잊지 말게 하라.」했다.

이튿날에 제수상을 차리고 전번 갔던 길을 찾아가니 과연 빈장殯葬한 곳이 있었다. 양생이 제전물祭奠物을 차려놓고 슬피 통곡하고 지전을 태워 저승길 노잣돈으로 쓰게 정성껏 장례를 지내주면서 글을 지어 조상했다.

그 제문에 이르기를,

「그대 영혼은 태어나면서부터 순미純美하였으며 자라서도 청순하여 그 모양은 서시西施와 같았고, 글을 잘하여 그 글재주는 숙진淑眞보다 뛰어났도다. 언제나 아름다운 규방에서 나가지 않았으며 항상 부모님의 교훈을 귀담아 들었도다. 난리를 만났어도 자기 몸을 온전히 지키다가 어려움 속에서도 홀로 찾아 꽃 피고 달을 대하여 홀로 상심하고 봄바람에 간장을 애는 듯하여 피를 토하고 우는 두견새의 울음같이 슬퍼하였네. 가을 서리에 간담이 찢기어 비단부채가 인연이 없음을 한탄하노라. 지난 하룻밤에 우연히 만나서 마음에 비단을 편 것처럼 했더니, 비록 유명이 이렇게 다르나 그대와 나는 고기와 물처럼 함께 즐거워했노라. 우리 장차 백년을 해로하려 했으나 어찌 하루저녁에 슬프게도 헤어질 줄이야. 그대는 달에서 난새[鸞]를 타던 선녀였고, 무산巫山에서 비를 부르는 선녀女仙였어라. 땅은 어둡고 아득하여 돌아가지 못하고, 하늘은 아득하여 바라보기도 어려워라. 들어오면 황홀하여 말하기도 어렵고, 가면 너무도 아득하여 가지 못하도다. 그대 영혼을 대하여 울음을 멈추고 잔에 술 가득 부어 슬피 올리나니, 그대의 얼굴과 목소리 너무 아름다워 낭랑한 그 소리 들려오는 듯하는도다. 오호 애제라! 그대 성격이 총명하고 지혜로운 성품과 맑고 자상한 기운은 삼혼三魂이 흩어진다 해도 그 영혼이 없어지리오. 응당 내려오시어 뜰을 거닐고 혹은 향기롭게도 이 곁에 앉아주시오. 비록 생사가 다름이 있을지라도 이 글에 감응하옵소서.」

뒤에 양생은 그 정에 너무 슬퍼하고 받은 전지며 집을 모두 팔아서 추모한 지 삼 일 만에 극락왕생을 천도하였다.

아가씨가 공중에서 불러 말하기를,

「그대의 천도를 입어서 이미 다른 세계에서 남자 몸으로 태어났어요. 비록 이승과 저승이 다르다고 하나 이렇게 깊이깊이 감사하고, 그대는 깨끗한 업業을 다시 닦아서 윤회하심을 함께 하소서.」 했다.

양생은 그 뒤에 다시는 장가들지 않고 지리산에 들어가서 약초를 캤는데, 그 후로는 알 길이 없었다.

제2부 | 李生窺牆傳(이생규장전)

제2부

李生窺牆傳
이 생 규 장 전

이생이 담 너머로 엿본 이야기

松都에 有,李生者하니 居,駱駝橋之側이라. 年,
송 도 유 이 생 자 거 낙 타 교 지 측 연
十八에 風韻淸邁하여 天資英秀라. 常詣國學하여
십 팔 풍 운 청 매 천 자 영 수 상 예 국 학
讀詩路傍하다.
독 시 노 방

善竹里에 有,巨室處하니 崔氏라. 年可,十五六하
선 죽 리 유 거 실 처 최 씨 연 가 십 오 륙
고 態度艶麗하며 工於刺繡라 而,長於詩賦하니 世
태 도 염 려 공 어 자 수 이 장 어 시 부 세
稱,「風流,李氏子요 窈窕는 崔家娘이라 才色若可
칭 풍 류 이 씨 자 요 조 최 가 낭 재 색 약 가
餐이며 可以療飢腸이라.」하다.
찬 가 이 요 기 장

李生이 嘗,挾冊詣學에 常過,崔氏之家라 北牆外
이 생 상 협 책 예 학 상 과 최 씨 지 가 북 장 외
에 垂楊裊裊가 數十株環列이라 李生,憩於其下하
수 양 뇨 뇨 수 십 주 환 열 이 생 게 어 기 하

니 一日은 窺牆內하니 名花盛開하고 蜂鳥爭喧이라
일일 규장내 명화성개 봉조쟁훤

傍有小樓하고 隱映於,花叢之間하니 珠簾半掩하
방유소루 은영어 화총지간 주렴반엄

고 羅幃低垂라 有,一美人하여 倦繡停針하고 支頤
나위저수 유 일미인 권수정침 복이

而吟曰,
이음왈

獨倚紗窓,刺繡遲하여 百花叢裏,囀黃鸝라.
독의사창 자수지 백화총리 전황리

無端暗結,東風怨하며 不語停針,有所思라.
무단암결 동풍원 불어정침 유소사

路上誰家,白面郎고? 靑衿大帶,映垂楊이라.
로상수가 백면랑 청금대대 영수양

何方可化,堂中燕은 低掠珠簾,斜度牆이라.
하방가화 당중연 저략주렴 사도장

生이 聞之하고 不勝技癢이라 然이나 其,門戶高峻
생 문지 불승기양 연 기 문호고준

하고 庭闈深邃하여 但,怏怏而去하다. 還時以,白紙
정위심수 단 앙앙이거 환시이 백지

一幅에 作詩三首하여 繫瓦礫投之하니 曰,
일폭 작시삼수 계와역투지 왈

巫山六六,霧重回하니 半露尖峰,紫翠堆라.
무산육육 무중회 반로첨봉 자취퇴

惱却襄王,孤枕夢하라 肯爲雲雨,下陽臺라.
뇌각양왕고침몽 긍위운우하양대

相如欲挑,卓文君하여 多少情懷,已十分이라.
상여욕도탁문군 다소정회이십분

紅粉墻頭,桃李艷하니 隨風何處,落繽紛고?
홍분장두도리염 수풍하처낙빈분

好因緣邪,惡因緣이라 空把愁腸,日抵年이라.
호인연사악인연 공파수장일저년

二十八字,媒已就하니 藍橋何日,遇神仙고?
이십팔자매이취 남교하일우신선

崔氏가 命,侍婢香兒로 往取見之하니 卽,李生詩
최씨 명시비향아 왕취견지 즉이생시

也라 披讀再三하고 心自喜之하여 以,片簡으로 又
야 피독재삼 심자희지 이편간 우

書八字하여 投之曰,「將子無疑하라 昏以爲期호
서팔자 투지왈 장자무의 혼이위기

라.」生이 如其言으로 乘昏而往하니 忽見桃花一枝
생 여기언 승혼이왕 홀견도화일지

가 過墻而,有搖裊之影이 往視之則,以鞦韆絨索하
과장이유요뇨지영 왕시지즉이추천융삭

여 繫,竹兜下垂라. 生이 攀緣而踰하니 會,月上東
계죽두하수 생 반연이유 회월상동

山이라 花影在地하고 淸香可愛라 生이 意謂,已入
산 화영재지 청향가애 생 의위이입

仙境하여 心雖竊喜나 而,情密事秘이니 毛髮盡竪
선경 심수절희 이정밀사비 모발진수

라 回眄左右하니 女已在,花叢裏하여 與,香兒로 折
회면좌우 여이재화총리 여향아 절

花相戴하고 鋪罽僻地하다가 見生에 微笑하며 口占
화상대 포계벽지 견생 미소 구점

二句하니 先唱曰,
이구 선창왈

桃李枝間,花富貴하고 鴛鴦枕上月嬋娟이라.
도리지간화부귀 원앙침상월선연

生이 續吟曰,
생 속음왈

他時漏洩,春消息하면 風雨無情,亦可憐이로다.
타시누설춘소식 풍우무정역가련

女,變色而,言曰,「本欲與君으로 終奉箕箒하여
여변색이언왈 본욕여군 종봉기추

永結歡娛러니 郎何言之,若是遽也오? 妾雖女類나
영결환오 랑하언지약시거야 첩수여류

心意泰然한데 丈夫意氣로 肯作此語乎리요? 他日,
심의태연 장부의기 긍작차어호 타일

閨中事洩이면 親庭譴責을 妾,以身當地하리다. 香
규중사설 친정견책 첩이신당지 향

兒야! 可於房中하여 賫,酒果以進하라.」하니 兒,如
아 가어방중 뇌주과이진 아여

命而往하니 四座寂寥하여 閬無人聲이라 生이 問
명이왕 사좌적요 낭무인성 생 문

曰,「此是何處요?」女曰,「此是,北園中,小樓下也
왈 차시하처 여왈 차시 북원중 소루하야

니다. 父母,以我一女로 情鍾甚篤하여 別構,此樓
부모 이아일녀 정종심독 별구 차루

于,芙蓉池畔이라 하다. 方春時라 名花盛開하니 欲
우 부용지반 방춘시 명화성개 욕

使從,侍兒遨遊耳리다. 親闈之居는 閨閤深邃하여
사종 시아오유이 친위지거 규합심수

雖笑語啞咿라도 亦不能,卒爾相聞也리다.」하다. 女
수소어아이 역불능 졸이상문야 여

酌,綠蟻一巵로 勸生하고 口占古風一篇하니 曰,
작 녹의일치 권생 구점고풍일편 왈

曲欄下壓,芙蓉池하고 池上花叢,人共語라.
곡란하압 부용지 지상화총 인공어

香霧霏霏,春融融이라 製出新詞,歌白紵로다.
향무비비 춘융융 제출신사 가백저

月轉花陰,入氍毹요 共挽長條,落紅雨로다.
월전화음 입구유 공만장조 낙홍우

風攪清香,香襲衣하니 賈女初踏,春陽舞로다.
풍교청향 향습의 가녀초답 춘양무

羅衫輕拂,海棠枝하니 驚起花間,宿鸚鵡라.
나삼경불 해당지 경기화간 숙앵무

生이 卽,和之하니 曰,
생 즉화지 왈

誤入桃源,花爛熳하니 多少情懷,不能語라.
오입도원 화난만 다소정회 불능어

翠鬟雙綰,金釵低하고 楚楚春衫,裁祿紵로다.
취 환 쌍 관 금 채 저 초 초 춘 삼 재 록 저

東風初坼,竝帶花하고 莫使繁枝,戰風雨라.
동 풍 초 탁 병 대 화 막 사 번 지 전 풍 우

飄飄仙袂,影婆娑하고 叢桂陰中,素娥舞라.
표 표 선 메 영 파 파 총 계 음 중 소 아 무

勝事未了,愁必隨하니 莫製新詞,敎鸚鵡하라.
승 사 미 료 수 필 수 막 제 신 사 교 앵 무

吟罷에 女,謂生曰,「今日之事는 必非小緣으로
음 파 여 위 생 왈 금 일 지 사 필 비 소 연

郎須尾我하여 以遂情款하소서.」言訖에 女從北窓
낭 수 미 아 이 수 정 관 언 흘 여 종 북 창

入하니 生이 隨之하여 樓梯在房中하다. 緣梯而昇
입 생 수 지 누 제 재 방 중 연 제 이 승

하니 果其樓也라. 文房几案하니 極其濟楚하다 一
과 기 루 야 문 방 궤 안 극 기 제 초 일

壁에 展煙江疊嶂圖하고 幽篁,古木圖하니 皆名畵
벽 전 연 강 첩 장 도 유 황 고 목 도 개 명 화

也라 題詩其上하니 詩는 不知,何人所作이라.
야 제 시 기 상 시 부 지 하 인 소 작

其一曰,
기 일 왈

何人筆端,有餘力하여 寫此江心,千疊山고?
하 인 필 단 유 여 력 사 차 강 심 천 첩 산

壯哉方壺,三萬丈이요 半出縹緲,烟雲間이라.
장재방호 삼만장 반출표묘 연운간

遠勢微茫,幾百里요? 近見崒嵂,青螺鬟이라.
원세미망 기백리 근견줄률 청라환

滄波淼淼,浮遠空하고 日暮遙望,愁鄉關이라.
창파묘묘 부원공 일모요망 수향관

對此令人,意蕭索하니 疑泛湘江,風雨灣이라.
대차영인 의소삭 의범상강 풍우만

其,二曰,
기 이왈

幽篁蕭颯,如有聲하니 古木偃蹇,如有情이라.
유황소삽 여유성 고목언건 여유정

狂根盤屈,惹莓苔하니 老幹夭矯,排風雷이라.
광근반굴 야매태 노간요교 배풍뢰

胸中自有,造化窟하여 妙處豈與,傍人說고?
흉중자유 조화굴 묘처기여 방인설

韋偃與可,已爲鬼하니 漏洩天機,知有幾요.
위언여가 이위귀 누설천기 지유기

晴窓答然,淡相對하니 愛看幻墨,神三昧라.
청창답연 담상대 애간환묵 신삼매

一壁貼,四時景으로 各四首하니 亦不知爲,何人
일벽첩 사시경 각사수 역부지위 하인

所作이라 其筆은 則摹,松雪眞字하여 體極精姸하
소작 기필 즉모 송설진자 체극정연

니 其,一幅에 曰,
기 일폭 왈

芙蓉帳暖,香如縷하고 窓外霏霏,紅杏雨라.
부 용 장 난 향 여 루 창 외 비 비 홍 행 우

樓頭殘夢,五更鐘하고 百舌啼在,辛夷塢라.
누 두 잔 몽 오 경 종 백 설 제 재 신 이 오

燕子日長,閨閤深하여 懶來無語,停金針이라.
연 자 일 장 규 합 심 나 래 무 어 정 금 침

花底雙雙,蝶蛺飛하고 爭趁落花,庭院陰이라.
화 저 쌍 쌍 접 협 비 쟁 진 낙 화 정 원 음

嫩寒輕透,錄羅裳을 空對春風,暗斷腸이라.
눈 한 경 투 녹 라 상 공 대 춘 풍 암 단 장

脈脈此情,誰料得고? 百花叢裏,舞鴛鴦이라.
맥 맥 차 정 수 료 득 백 화 총 리 무 원 앙

春色深藏,黃四家하고 深紅淺錄,映窓紗라.
춘 색 심 장 황 사 가 심 홍 천 록 영 창 사

一庭芳草,春心苦하여 輕揭珠簾,看落花라.
일 정 방 초 춘 심 고 경 게 주 렴 간 낙 화

其,二幅曰,
기 이 폭 왈

小麥初胎,乳燕斜하고 南園開遍,石榴花라.
소 맥 초 태 유 연 사 남 원 개 편 석 류 화

錄窓工女,幷刀饗하니 擬試紅裙,剪紫霞라.
녹 창 공 녀 병 도 향 의 시 홍 군 전 자 하

黃梅時節,雨簾纖하고 鸎囀槐陰,燕入簾이라.
황 매 시 절 우 렴 섬 앵 전 괴 음 연 입 렴

又是一年,風景老하고 楝花零落,笋生尖이라.
우 시 일 년 풍 경 노 동 화 영 락 순 생 첨

手拈青杏,打鸎兒하니 風過南軒,日影遲로다.
수 념 청 행 타 앵 아 풍 과 남 헌 일 영 지

荷葉已香,池水滿하고 碧波深處,浴鸕鷀라.
하 엽 이 향 지 수 만 벽 파 심 처 욕 로 자

藤牀筠簟,浪波紋하고 屛畫瀟湘,一抹雲이라.
등 상 균 담 낭 파 문 병 화 소 상 일 말 운

懶慢不堪,醒午夢하니 半窓斜日,欲西曛이라.
나 만 불 감 성 오 몽 반 창 사 일 욕 서 훈

其,三幅曰,
기 삼 폭 왈

秋風策策,秋露凝하고 秋月娟娟,秋水碧이라.
추 풍 책 책 추 로 응 추 월 연 연 추 수 벽

一聲二聲,鴻雁歸하고 更聽金井,梧桐葉이라.
일 성 이 성 홍 안 귀 갱 청 금 정 오 동 엽

床下百蟲,鳴喞喞하고 床上佳人,珠淚滴이라.
상 하 백 충 명 즐 즐 상 상 가 인 주 루 적

良人萬里,事征戰하니 今夜玉門,關月白이라.
양 인 만 리 사 정 전 금 야 옥 문 관 월 백

新衣欲裁,剪刀冷하고 低喚丫兒,呼熨斗라.
신 의 욕 재 전 도 냉 저 환 아 아 호 위 두

熨斗火銷,全未省하여 細撥秦箏,又搔首라.
위 두 화 소 전 미 성 세 발 진 쟁 우 소 수

小池荷盡,芭蕉黃하고 鴛鴦瓦上,粘新霜이라.
소 지 하 진 파 초 황 원 앙 와 상 점 신 상

舊愁新恨,不能禁하니 況聞蟋蟀,鳴洞房이라.
구 수 신 한 불 능 금 황 문 실 솔 명 동 방

其,四幅曰,
기 사 폭 왈

一枝梅影,向窓橫하고 風緊西廊,月色明이라.
일 지 매 영 향 창 횡 풍 긴 서 랑 월 색 명

爐火未銷,金筋撥하고 旋呼丫髻,換茶鐺이라.
노 화 미 소 금 근 발 선 호 아 고 환 다 당

林葉頻驚,半夜霜하고 回風飄雪,入長廊이라.
임 엽 빈 경 반 야 상 회 풍 표 설 입 장 랑

無端一夜,相思夢하니 都在氷河,古戰場이라.
무 단 일 야 상 사 몽 도 재 빙 하 고 전 장

滿窓紅日,似春溫하고 愁鎖眉峰,著睡痕이라.
만 창 홍 일 사 춘 온 수 쇄 미 봉 저 수 흔

膽瓶小梅,腮半吐하고 含羞不語,繡雙鴛이라.
담 병 소 매 시 반 토 함 수 불 어 수 쌍 원

剪剪霜風,掠北林하고 寒鳥啼月,正關心이라.
전 전 상 풍 약 북 림 한 조 제 월 정 관 심

燈前爲有,思人淚하니 滴在穿絲,小挫針이라.
등 전 위 유 사 인 루 적 재 천 사 소 좌 침

一傍에 別有小室一區하니 帳褥衾枕이 亦甚整
일방 별유소실일구 장욕금침 역심정

麗라 帳外에 麝臍하고 燃蘭膏로 熒熿映徹하여 恍
려 장외 사제 연난고 형황영철 황

如白晝하다. 生이 與女로 極其情歡하며 遂留數日
여백주 생 여녀 극기정환 수유수일

에 生謂,女曰,「先聖有言하되 父母在어시든 遊必有
생위녀왈 선성유언 부모재 유필유

方이라 하니 而,今我定省이 已過三日이라 親必倚
방 이금아정성 이과삼일 친필의

閭而望하리니 非,人子之道也라.」하고 女,惻然而頷
려이망 비인자지도야 여측연이함

之하고 踰垣而遣之라 生이 自是以後로 無已不往
지 유원이견지 생 자시이후 무이불왕

이러라.

一夕에 李生之父,問曰,「汝,朝出而暮還者하니
일석 이생지부문왈 여조출이모환자

將以學,先聖仁義之格言이라 昏出而曉還하니 當
장이학선성인의지격언 혼출이효환 당

爲何事오? 必作,輕薄子하여 踰垣牆하여 折樹壇耳
위하사 필작경박자 유원장 절수단이

이라. 事如彰露하면 人皆譴我,敎子之不嚴이리니
사여창로 인개견아교자지불엄

而如其女가 定是高門右族이면 則,必以爾之狂狡
이여기녀 정시고문우족 즉필이이지광교

하여 穢彼門戶리니 獲戾人家는 其事不小리라. 速
예피문호 획여인가 기사불소 속

去嶺南하여 率,奴隷監農하고 勿得復還하라.」卽於
거영남 솔노예감농 물득부환 즉어

翌日에 謫送蔚州하다.
익 일 　 적 송 울 주

女는 每夕에 於,花園待之하나 數月不還이라 女,
여 　 매 석 　 어 화 원 대 지 　 수 월 불 환 　 여

意其得病이라 命,香兒로 密問於,李生之鄰鄰이라.
의 기 득 병 　 명 향 아 　 밀 문 어 이 생 지 인 린

人曰,「李郎은 得罪於家君하여 去嶺南이 已數月
인 왈 　 이 랑 　 득 죄 어 가 군 　 거 영 남 　 이 수 월

矣라.」하다. 女,聞之하고 臥疾在床하여 轉轉不起라
의 　 여 문 지 　 와 질 재 상 　 전 전 불 기

水醬,不入於口하고 言語支離하고 肌膚憔悴하니
수 장 불 입 어 구 　 언 어 지 리 　 기 부 초 췌

父母怪之하여 問其病狀하니 喑喑不言이라 搜其
부 모 괴 지 　 문 기 병 상 　 암 암 불 언 　 수 기

箱篋이라가 得,李生前日,唱和詩하고 擊節驚訝曰,
상 협 　 득 이 생 전 일 창 화 시 　 격 절 경 아 왈

「幾乎失,我女子矣라.」하고 問曰,「李生誰耶오?」하
기 호 실 아 녀 자 의 　 문 왈 　 이 생 수 야

다. 至是에 女,不能復隱하고 細語,在咽中으로 告父
지 시 　 여 불 능 부 은 　 세 어 재 인 중 　 고 부

母曰,「父親母親이 鞠育恩深이라 不能相匿이리다.
모 왈 　 부 친 모 친 　 국 육 은 심 　 불 능 상 닉

竊念男女相感은 人情至重이라. 是以로 '標梅迨
절 념 남 녀 상 감 　 인 정 지 중 　 시 이 　 표 매 태

吉'의 咏於周南하고 '咸腓之凶' 刑於羲易이니다. 自
길 　 영 어 주 남 　 함 비 지 흉 　 형 어 희 역 　 자

將,蒲柳之質로 不念,桑落之詩하고 行露沾衣하여
장 포 류 지 질 　 불 념 상 낙 지 시 　 행 로 첨 의

竊被傍人之嗤니이다. 絲蘿托木으로 已作,渭兒之
절 피 방 인 지 치 　 사 라 탁 목 　 이 작 위 아 지

行이니다. 罪已貫盈하여 累及門户나 然而彼,狡童
행 죄이관영 누급문호 연이피교동
兮여 一偸賈香으로 千生喬怨하니 以眇眇之弱軀
혜 일투가향 천생교원 이묘묘지약구
로 忍,悄悄之獨處하여 情念日深하고 沈沉,痾日篤
인초초지독처 정념일심 침침아일독
하여 濱於死地하며 將化窮鬼이니다. 父母如,從我
빈어사지 장화궁귀 부모여종아
願이면 終保餘生이며 儻違情款이면 斃而有已니다.
원 종보여생 당위정관 폐이유이
當與李生으로 重遊,黃壤之下하여 誓不登,他門也
당여이생 중유황괴지하 서부등타문야
니다.」하다.

於是에 父母,已知其志하고 不復問病하나 且警
어시 부모이지기지 불부문병 차경
且誘하며 以寬其心하다. 復修,媒灼之禮하여 問于
차유 이관기심 부수매작지례 문우
李家하니 李氏問,崔家門户,優劣하니 曰,「吾家豚
이가 이씨문최가문호우열 왈 오가돈
犬은 雖,年少風狂이나 學問精通하고 身彩似人은
견 수연소풍광 학문정통 신채사인
所冀捷,龍頭於異日에 占,鳳鳴於他年이리니 不願,
소기첩용두어이일 점봉명어타년 불원
速求婚媾也니다.」하니 媒者가 以言返告하니 崔氏
속구혼구야 매자 이언반고 최씨
復遣曰,「一時朋伴이 皆稱令嗣,才華邁人하니 今
부견왈 일시붕반 개칭영사재화매인 금
雖蟠屈이나 豈是池中之物이 宜速定嘉하여 會之
수반굴 기시지중지물 의속정가 회지

晨하고 以合,二姓之好리다.」하니 媒者가 又以其言
신 이합이성지호 매자 우이기언

을 返告,李生之父하니 父曰,「吾亦自少로 把冊窮
반고이생지부 부왈 오역자소 파책궁

經하고 年老無成이라. 奴僕逋逃하고 親戚寡助하여
경 연로무성 노복포도 친척과조

生涯疎闊하고 家計伶俜하여 而況,巨家大族이라
생애소활 가계영빙 이황거가대족

豈以,一人寒儒로 留意爲贅郎乎아. 是必好事者
기이일인한유 유의위췌랑호 시필호사자

가 過譽吾家라 以誣高門也리다.」하니 媒가 又告崔
과예오가 이무고문야 매 우고최

家하니 崔家曰,「納采之禮와 裝束之事는 吾盡辨
가 최가왈 납채지례 장속지사 오진변

矣리다. 宜差穀旦을 以定花燭之期리다.」하니 媒
의 의차곡단 이정화촉지기 매

者, 又返告之하여 李家至是하니 稍回其意하여 卽,
자 우반고지 이가지시 초회기의 즉

遣人하여 召生問之하니 生이 喜不自勝하여 乃,作
견인 소생문지 생 희불자승 내작

詩하니 曰,
시 왈

破鏡重圓,會有時하니 天津烏鵲,助佳期라.
파경중원회유시 천진오작조가기

從今月老,纏繩去하니 莫向東風,怨子規리라.
종금월노전승거 막향동풍원자규

女聞之하고 病亦稍愈라 又作詩曰,
여문지 병역초유 우작시왈

惡因緣是,好因緣하고 盟語終須,到低圓이라.
악인연시호인연 맹어종수도저원

共輓鹿車,何日是리요 倩人扶起,理花鈿이라.
공만녹거하일시 천인부기이화전

於是에 擇,吉日하여 遂定婚禮하고 而,續其絃焉
어시 택길일 수정혼례 이속기현언
이라. 自,同牢之後는 夫婦愛而敬之하고 相待如賓
자동뢰지후 부부애이경지 상대여빈
이라 雖鴻光鮑桓이나 不足,言其節義也라. 生이 翌
수홍광포환 부족언기절의야 생 익
年에 捷高科하여 登,顯仕하니 聲價聞于朝著하다.
년 첩고과 등현사 성가문우조저

辛丑年에 紅賊이 據,京城하니 王移,福州하고 賊
신축년 홍적 거경성 왕이복주 적
이 焚蕩室廬하고 臠炙人畜하다. 夫婦親戚이 不能
분탕실려 연자인축 부부친척 불능
相保하여 東奔西竄하여 各自逃生이라. 生,挈家도
상보 동분서찬 각자도생 생설가
隱匿窮崖하니 有,一賊하여 拔劍而逐이라. 生이 奔
은닉궁애 유일적 발검이축 생 분
走得脫이나 女,爲賊所虜하여 欲逼之하니 女,大罵
주득탈 여위적소로 욕핍지 여대매
曰,「虎鬼殺,啗我하여 寧死葬於,豺狼之腹中이언정
왈 호귀살담아 영사장어시랑지복중

安能作,狗彘之匹乎아?」하니 賊怒하여 殺而剮之
안능작 구체지필호 적노 살이과지
하다.

生은 竄于荒野하여 僅保餘軀하다. 聞賊已滅하고
생 찬우황야 근보여구 문적이멸
遂尋父母舊居하니 其家는 已爲兵火所焚하고 又
수심부모구거 기가 이위병화소분 우
至女家하니 廊廡荒凉하여 鼠喞鳥喧이라 悲不自
지여가 낭무황량 서즐조훤 비불자
勝하여 登于小樓하여 收淚長噓라 奄至日暮에 塊
승 등우소루 수루장허 엄지일모 괴
然獨坐하여 佇思前遊하니 宛如一夢이라.
연독좌 저사전유 완여일몽

將及二更하여 月色微吐하고 光照屋梁이라. 漸
장급이경 월색미토 광조옥량 점
聞廊下하고 有,跫然之音이 自遠而近이라 至則,崔
문낭하 유공연지음 자원이근 지즉최
氏也라. 生이 雖知已死라도 愛之甚篤하여 不復疑
씨야 생 수지이사 애지심독 불부의
訝하고 遽問曰,「避於何處요 全其軀命이요?」하니
아 거문왈 피어하처 전기구명
女執生手하고 慟哭一聲이라. 乃敍情曰,「妾,本良
여집생수 통곡일성 내서정왈 첩본양
族으로 幼承庭訓하여 工,刺繡裁縫之事하고 學詩
족 유승정훈 공자수재봉지사 학시
書,仁義之方하여 但識閨門之治하니 豈解境外之
서인의지방 단식규문지치 기해경외지
修리요 然而,一窺紅杏之墻이 自獻碧海之珠하니
수 연이일규홍행지장 자헌벽해지주

花前一笑하고 恩結平生이라 帳裏重遘하여 情愈
화 전 일 소 은 결 평 생 장 리 중 구 정 유

百年이라 言至於此하니 悲慙曷勝이리요 將謂,偕
백 년 언 지 어 차 비 참 갈 승 장 위 해

老而歸居러니 豈意橫折而顚溝하여 終不,委身於
로 이 귀 거 기 의 횡 절 이 전 구 종 불 위 신 어

豺虎하고 自取磔肉於泥沙하니 固,天性之自然이
시 호 자 취 책 육 어 니 사 고 천 성 지 자 연

요 匪,人情之可忍이니다. 却恨一別於窮崖하니 竟
비 인 정 지 가 인 각 한 일 별 어 궁 애 경

作分飛之匹鳥라 家亡親沒하고 傷殢魄之無依하
작 분 비 지 필 조 가 망 친 몰 상 체 백 지 무 의

고 義重命輕하니 幸,殘軀之免辱이라. 誰憐寸寸之
의 중 명 경 행 잔 구 지 면 욕 수 련 촌 촌 지

灰心이리요 徒結,斷斷之腐腸이 骨骸暴夜하고 肝
회 심 도 결 단 단 지 부 장 골 해 폭 야 간

膽塗地라. 細料昔時之歡娛하니 適爲當日之愁寃
담 도 지 세 료 석 시 지 환 오 적 위 당 일 지 수 원

하고 今則,鄒律已吹於,幽谷에 倩女再返於陽間하
금 즉 추 률 이 취 어 유 곡 천 녀 재 반 어 양 한

니 蓬萊一紀之約綢繆하고 聚窟三生之香芬郁하
봉 래 일 기 지 약 주 무 취 굴 삼 생 지 향 분 욱

여 重契闊於此時에 期不負乎前盟이리요 如或不
중 계 활 어 차 시 기 불 부 호 전 맹 여 혹 불

忘하고 終以爲好면 李郎其許之乎리요?」生이 喜且
망 종 이 위 호 이 랑 기 허 지 호 생 희 차

感曰,「固所願也라.」하고 相與款曲抒情하다. 言及
감 왈 고 소 원 야 상 여 관 곡 서 정 언 급

에 家産被,寇掠有無하니 女曰,「一分不失이라 埋
가 산 피 구 략 유 무 여 왈 일 분 불 실 매

於,某山某谷也라.」 하다. 又問하되 「兩家父母骸骨
어 모 산 모 곡 야 　 우 문 　 양 가 부 모 해 골

安在오?」 하니 女曰, 「暴棄某處라.」 하니 敍情罷하고
안 재 　 여 왈 　 포 기 모 처 　 서 정 파

는 同寢極歡如昔하다.
동 침 극 환 여 석

明日에 與,生俱往深瘞處하니 果得金銀,數錠及
명 일 　 여 생 구 왕 심 예 처 　 과 득 금 은 수 정 급

財物若干하고 又得收拾兩家父母骸骨하여 貿金
재 물 약 간 　 우 득 수 습 양 가 부 모 해 골 　 무 금

賣財하여 各,合葬於五冠山麓하고 封樹祭獻하고
매 재 　 각 합 장 어 오 관 산 록 　 봉 수 제 헌

皆盡其禮하다. 其後에 生은 亦不求仕官하고 與,崔
개 진 기 례 　 기 후 　 생 　 역 불 구 사 관 　 여 최

氏로 居焉하다. 幹,僕之逃生者도 亦自來赴하다. 生
씨 　 거 언 　 간 복 지 도 생 자 　 역 자 래 부 　 생

은 自是以後로 懶於人事하고 雖,親戚賓客賀弔라
자 시 이 후 　 나 어 인 사 　 수 친 척 빈 객 하 조

도 杜門不出하고 常與崔氏로 或酬或和하고 琴瑟
두 문 불 출 　 상 여 최 씨 　 혹 수 혹 화 　 금 슬

偕和하여 荏苒數年이러라.
해 화 　 임 염 수 년

一夕에 女謂生曰, 「三遇佳期도 世事蹉跎하고
일 석 　 여 위 생 왈 　 삼 우 가 기 　 세 사 차 타

歡娛不厭에 哀別遽至라.」 하고 遂,嗚咽하다. 生이
환 오 불 염 　 애 별 거 지 　 수 오 인 　 생

驚問曰, 「何故至此오?」 하니 女曰, 「冥數不可躱也
경 문 왈 　 하 고 지 차 　 여 왈 　 명 수 불 가 타 야

요 天帝以妾與生으로 緣分未斷하고 又無罪障하여
천 제 이 첩 여 생 　 연 분 미 단 　 우 무 죄 장

假以幻體하여 與生으로 暫割愁腸하고 非,久留人
가 이 환 체 여 생 잠 할 수 장 비 구 류 인

世에 以惑陽人이리요.」하다. 命,婢兒進酒하여 歌,玉
세 이 혹 양 인 명 비 아 진 주 가 옥

樓春,一闋하여 以侑生하니 歌曰,
루 춘 일 결 이 유 생 가 왈

干戈滿目,交揮處에 玉碎花飛,鴛失侶라.
간 과 만 목 교 휘 처 옥 쇄 화 비 원 실 려

殘骸狼籍,竟誰埋오? 血汚遊魂,無與語로다.
잔 해 낭 적 경 수 매 혈 오 유 혼 무 여 어

高唐一下,巫山女는 破鏡重分,心慘楚라.
고 당 일 하 무 산 녀 파 경 중 분 심 참 초

從茲一別,兩茫茫하여 天上人間,音信阻라.
종 자 일 별 양 망 망 천 상 인 간 음 신 조

每歌一聲에 飮泣數下하여 殆不成腔이라. 生亦
매 가 일 성 음 읍 수 하 태 불 성 강 생 역

悽惋不已라 曰,「寧與娘子로 同入九泉이언정 豈
처 완 불 이 왈 영 여 낭 자 동 입 구 천 기

可無聊,獨保殘生이리요. 向者,傷亂之後로 親戚僮
가 무 료 독 보 잔 생 향 자 상 난 지 후 친 척 동

僕이 各相亂離하고 亡親骸骨이 狼籍原野하니 儻
복 각 상 난 리 망 친 해 골 낭 적 원 야 당

比娘子면 誰能奠埋리요 古人이 云하되 生事之以
비 낭 자 수 능 전 매 고 인 운 생 사 지 이

禮하고 死葬之以禮라. 盡在娘子는 天性之純孝하
례 사 장 지 이 례 진 재 낭 자 천 성 지 순 효

고 人情之篤厚也하여 感激無已니 自愧可勝이라.
인 정 지 독 후 야 감 격 무 이 자 괴 가 승

願,娘子는 淹留人世로 百年之後에는 同作塵土하
원 낭 자 엄 류 인 세 백 년 지 후 동 작 진 토

오리다.」하다. 女曰,「李郎之壽는 剩有餘紀나 妾은
여 왈 이 랑 지 수 잉 유 여 기 첩

已載鬼籙이라 不能久視니이다. 若固,眷戀人間이
이 재 귀 록 불 능 구 시 약 고 권 련 인 간

면 違犯條令하여 非唯罪我라도 兼亦,累及於君이
위 범 조 령 비 유 죄 아 겸 역 누 급 어 군

니다. 但,妾之遺骸가 散於某處하니 倘若垂恩이면
단 첩 지 유 해 산 어 모 처 당 약 수 은

勿暴風日하리다.」하고 相視泣下數行云이라.「李郎,
물 포 풍 일 상 시 읍 하 수 항 운 이 랑

珍重하소서.」하고 言訖漸滅하여 了無踪迹이러라.
진 중 언 흘 점 멸 요 무 종 적

生이 拾骨하여 附葬于親墓傍이라. 旣葬에 生이 亦
생 습 골 부 장 우 친 묘 방 기 장 생 역

以追念之故로 得病,數月而卒하다. 聞者,莫不傷
이 추 념 지 고 득 병 수 월 이 졸 문 자 막 불 상

歎하고 而,慕其義焉이러라.
탄 이 모 기 의 언

❙ 어려운 낱말 ❙

[裊裊(뇨뇨)]: 하늘거리는 모양. [攴(복)]: 칠(복). [怏怏(앙앙)]: 원망하는 모양. [深邃(심수)]: 매우 깊다. [黃鸝(황리)]: 꾀꼬리. [礫(력)]: 조약돌(력). [繽(빈)]: 어지러울(빈). [眄(면)]: 한쪽 눈을 감을(면). 애꾸눈. [氍毹(구

유)]: 모직물 담요. [淼淼(묘묘)]: 크고 아득함. [咿(이)]: 선웃음 칠(이). [曛(훈)]: 석양빛(훈). [熨(위)]: 다림질할(위). [婚媾(혼구)]: 혼인하여 가깝게 지내다. [伶俜(영빙)]: 비틀거림. [贅(췌)]: 사마귀, 혹(췌). [荏苒(임염)]: 묻혀서 살아가다. [蹉跎(차타)]: 그럭저럭 지나다. [躲(타)]: 숨을(타) [鬟(환)]: 쪽진 머리(환). [簏(록)]: 책상(록). [倘若(당약)]: 만약에. [笋(순)]: 죽순(순). 筍과 동일함. [喞喞(즐즐)]: 벌레 울음소리. 의성어. [鏜(당)]: 종소리(당). [腮(시)]: 빰(시). [蟋蟀(실솔)]: 귀뚜라미. [唵唵(암암)]: 훌쩍거리다. [箱篋(상협)]: 상자. [悄悄(초초)]: 근심하다. [嗤(치)]: 빈정거릴(치). [倩人(천인)]: 예쁜 사람.

제2부

이생이 담 너머로 엿본 이야기

이생규장전李生窺牆傳

송도松都에 이생李生이란 사람이 있었다. 낙타교 다리 곁에 살고 있었는데, 나이는 18세였다. 풍채가 맑고 매우 고매하여 천품과 자실이 빼어났다. 항상 국학(성균관)에 다녔는데, 그는 길을 가면서도 시를 읊었다.

선죽리에 명문대가 댁인 최씨댁에 처녀가 하나 있었는데, 나이가 십오륙 세였다. 자태가 아름답고 특히 자수를 잘 놓는데 솜씨가 있었다. 그리고 시詩와 부賦를 잘 지어서 세상에서 모두 일컫기를 풍류는 이씨 집안의 아들이요, 요조한 숙녀는 최씨 집안의 딸이라 하였다. 재주와 아름다움이 먹는 밥이라면 굶주린 배를 채우는데 요기할만하다고 했다.

이생이 일찍이 책을 끼고 국학에 갈 때에는 항상 최씨네 집을 지나서 가는데, 북쪽 담 밖에 수양버들이 수십 주가 둘러 서 있었으니, 이생이 늘 그 아래에서 쉬고 있는데 하루는 담장 안을 들여다보니 아름다운 꽃이 무성하게 피어있고 벌 나비떼가 다투어 잉잉거리며 날고 있었다. 곁에는 작은 별당이 있는데 꽃나무 사이로 숨은 듯 비쳐오고 있었다. 별당에는 주렴이 반쯤 걷어올려져 있고 비단 휘장이 드리워진 거기에는 한 미인이 자수를 놓다 말고 턱을 고이고 시를 읊고 있었다.

그 읊는 시에 이르기를,

나 홀로 사창紗窓에 기대 수놓는 일 지겨운데
가지가지 꽃떨기 속에 꾀꼬리가 울고 있네.
무단히 봄바람 부는 것을 원망하며
말없이 바늘을 꽂아두고 누군가를 그리워하네.
노상에 지나는 저 총각은 누구네 집 도련님인가?
푸른 띠 묶은 것이 저 수양버들에 어리네.
어쩌면 당중堂中의 제비가 되어
주렴을 걷어올린 이 담장을 넘어올려나.

이생이 이 시 읊는 소리를 듣고 그 마음을 이기지 못하였다. 그러나 그 집 문호가 너무도 높고 정원이 너무 깊어 실망만하고 떠나갔다. 돌아올 때에 백지 한 폭에다가 시 3수를 지어 기왓장이 있는 곳에 돌을 매달아 두었으니 그 시에 이르기를,

무산 12봉에 안개가 둘렸는데

반쯤은 드러난 뾰족한 봉우리라.

초나라 양왕襄王의 외로운 꿈을 버리고

선녀는 비가 되어 양대陽臺에 내려오네.

상여相如(사마상여)가 탁문군卓文君을 유혹하여

많은 정회는 이미 무르익었네.

붉은 꽃가루 날려 도리화桃李花는 곱게 피고

바람 따라 어느 곳에 꽃잎은 지는고?

좋은 인연 나쁜 인연 그 어느 것일까

헛되이 가슴 아파 하루가 1년 같구나!

스물여덟 이 글자가 이미 중매가 되었으니

남교藍橋에서 어느 날엔가 선녀를 만나랴?

최 낭자가 시녀를 시켜 가서 그것을 보게 하니, 이는 곧 이생의 시였다. 종이를 펴서 두세 번을 읽고 마음이 스스로 기뻐 작은 종이에다가 8자를 적어서 던졌는데, 그 글에 이르기를,

「지금부터 그대는 의심하지 마세요. 날이 저물면 만나기로 약속합시다.」 했다.

이생이 그 말대로 어둠을 틈타 그 집에 갔다. 갑자기 복사꽃 한 가지가 담을 넘어와서 그 그림자가 흔들거렸다. 가서 그것을 보니 그네 줄에 새끼를 묶어 담 밑으로 드리웠다. 이생이 담을 타고 그 집으로 넘어가니, 마침 달은 동산 위로 떠올라 꽃 그림자가 땅 위에 어리었고 청아한 꽃향기가 참 좋았다. 이생은 이

미 선경에 들어선 것 같이 느껴서 마음속으로 매우 기뻤으나 남몰래하는 애정이니 머리털이 모두 일어서는 것 같았다. 좌우를 살펴보니 아가씨는 이미 꽃떨기 속에 와있었다. 시녀인 향아는 꽃을 꺾어 머리에 꽂고 자리를 펴서 으슥한 곳에 이생을 보고 미소를 지으며 시 두 구절을 먼저 읊기 시작한다.

「도리화는 가지마다 부귀한 꽃이요,
원앙 베개 위에는 달빛 또한 고와라.」

이생의 회답 시에 이르기를,

「다른 데로 봄소식이 빠져나간다면
비바람 무정하게 또한 가련하구나.」

최낭은 얼굴색이 변하면서 말하기를,
「본래 그대와 더불어 끝내 아내가 되어 영원한 즐거움을 누리려 했는데, 그대는 어찌 그런 말을 하세요. 저는 비록 여자이지만은 마음이 태연스러운데 대장부의 의기로 어찌 이런 말을 하세요? 다른 날 규중의 일들이 새어나간다면 우리 집 일의 모든 책임을 제가 마땅히 지겠어요.」하고, 향아(香兒: 시녀의 이름)야! "네가 방에 가서 주과를 가져오라."고 하니, 향아는 아씨의 명령대로 주과를 가져오니, 사방은 고요하고 인적이 없어 사람

소리도 들리지 않았다.

이생이 묻기를,

「여기가 어디에요.」하니,

아씨가 말하기를,

「여기는 북쪽 정원 작은 별당입니다. 부모님께서는 나 외동딸로 정이 매우 각별하여 별도로 이 정원에 '부용당'이란 별당을 지어주셨어요. 때는 마침 봄이라 이름난 꽃들이 활짝 피니 심부름하는 시녀로 여기서 놀게 하였습니다. 부모님께서는 집은 깊고 매우 조용하여 비록 웃고 시끄럽게 해도 거기까지는 들리지 않아요.」했다.

아가씨는 잔에다 술을 따라 이생에게 권하며 고풍古風 시 한 수를 읊으니 그 시에 이르기를,

「난간 아래 부용지가 있고

연못 위에는 꽃들이 그대와 함께 속삭이네.

향긋한 안개는 몽글몽글 피어오르고

봄은 한창 무르익는데

새로 지은 노래는 백저白紵를 노래하네.

달 뜨니 꽃 그림자 담요를 드리운 듯

힘주어 가지 당기니 꽃들이 비처럼 지네.

바람이 맑으니 향기는 옷에 젖고

가녀賈女가 처음 춘양무春陽舞 춤을 추노라.

나삼 저고리 가볍게 해당화 가지에 스치니
꽃 속에 잠자던 앵무새는 놀라서 일어나네.」

최낭이 시를 읊으니, 이생이 즉시 화답하여 시를 읊었다.

「잘못하여 무릉도원에 꽃이 난만爛漫한 곳에 들어오니
그 정회情懷 이루 다 말할 수 없도다.
푸른 머리털에 금비녀 낮게 드리우고
청초한 봄 저고리 푸른 모시로 만들었네.
동풍東風 불어서 병대 꽃 피고
무성한 가지 비바람에 떨게 하지 마세요.
표표飄飄로이 선녀의 옷자락 그림자 나풀거리고
계수나무 그늘 속에 항아姮娥가 춤을 추네.
좋은 일 끝나지 않아 수심이 뒤따르고
새 노래 만들어서 앵무새에게 가르치지 마시오.」

시 읊기를 끝내니 최녀가 이생에게 일러 말하기를,
「오늘의 이 일은 반드시 작은 인연이 아닌 것으로 낭군은 꼭 내 뒤를 따라서 정다운 정성을 이루소서.」 하고 말이 끝나자, 아가씨는 별당의 북쪽 창으로 들어가고 이생이 그 뒤를 따랐다. 방에는 다락으로 통하는 사다리가 있었다. 그 사다리를 이용하여 올라가니 과연 다락방이 하나 있었는데, 거기에는 문방

과 책상이 있고 지극히 정리 정돈이 잘 되어 있었으며, 한쪽 벽에는 안개 낀 강과 산봉우리가 잘 그려진 그림 한 장이 붙어있고, 그윽한 대나무와 고목이 그려진 그림이 있으니, 이 모두가 명화에 속하는 것이었다. 그 위에는 시제詩題가 쓰여 있었고, 그 시는 어떤 사람이 지은 것인지도 모르는 것이었다.

그 시에 이르기를,

제1의 시제의 시

어떤 사람의 붓끝이 힘이 넘쳐서
이 강의 한가운데 첩첩 산을 그렸는고?
장하도다! 호방한 산은 삼만의 길이요
아련한 비안갯속에 솟아있구나!
아득한 미망의 기세는 몇백 리였던고?
가까이는 빼어난 산이 높고 험준하구나.
푸른 파도 아득하게 먼 공중에 떠있고
해 저문 먼 조망은 향수에 젖는듯하구나.
그림 바라보니 이 마음 너무 쓸쓸하여
소상강瀟湘江 비바람 불어 물굽이가 떠있는 듯하구나.

제2의 시제의 시

그윽한 대나무 속에 소슬한 바람 소리 들리는 듯

고목 아래 누워있으니 마치 유정한 듯하구나!
굽은 뿌리 반석에 엉키어 이끼가 끼었는데
늙은 줄기 치솟아 풍뢰風雷를 겪었구나!
가슴속 스스로 조화의 굴이 있어
이 묘한 곳에서 어찌 옆 사람과 말을 걸까보냐?
위언韋偃과 여가與可는 이미 귀신이 되었으니
천기를 누설해도 몇 사람이나 알겠는가?
비가 갠 창가에서 말없이 마주 서서
환상적인 그림을 보니 삼매경에 잠겼어라.

한쪽에 4수의 시 풍경이 붙었는데, 각각 4수가 있으니, 역시 누가 그렸는지 알 수 없는 것이었다. 그 글씨는 송설(松雪: 조맹부) 진필을 모방해서 서체가 정교하고 아름다웠다.

제1폭의 시

부용장막 따뜻하니 그 향기 실과 같고
창밖에 내리는 부슬부슬 살구꽃에 비가 내리네.
누각 머리 엷은 꿈속 새벽종 소리 들려오고
목련꽃 언덕에는 새들이 지저귄다.
제비들은 종일토록 봄날에 날아들고
게으른 듯 말없이 금바늘 멈추었네.

꽃봉오리 위에는 쌍쌍이 나비들 날아들고
정원 그늘에 떨어지는 꽃잎 따라 다투어 달려가네.

차갑고 가벼운 푸른 비단 치마를
헛되이 봄바람 대하는 애끊는 저 어두움,
그리움으로 이어지는 이 정을 누가 알리요
백화난만 그 속에 원앙새 춤을 추네.
봄빛이 이 세상 깊어오는데
붉은 빛 녹색은 사창紗窓에 비치누나.
한갓 뜰에 꽃다운 풀은 춘심을 괴로워하여
가볍게 주렴을 걷고 지는 꽃을 바라보노라.

제2폭의 시

밀 이삭 처음 베니 제비 새끼 날고
남쪽 동산엔 두루 석류꽃 피어나네.
푸르른 창가 옷 짓는 아가씨 가위질하고
붉은 치마 만들려고 자하紫霞 비단 자르네.
매실 익는 계절에 보슬비는 내리고
꾀꼬리는 느티나무 그늘에 울고
제비는 주렴 안으로 날아드네.
또 일 년이 풍경으로 질어가니

꽃은 시들어서 떨어지고 죽순은 뾰족하게 새순 내미네.

손으로 푸른 살구 주워들고 꾀꼬리를 때리니
바람이 남쪽 난간을 지나 해 그림자는 더디 가네.
연잎 질으니 연못물은 가득 차고
푸른 물결 깊은 곳에 자고새 목욕하네.
등나무 밑에 침상 놓으니 그늘 물결 무늬지고
병풍에 그린 소상강瀟湘江엔 구름 한 점 떠있네.
너무 게을러서 꿈을 깨지 못하니
반닫이 창에 비치는 해는 서쪽으로 지려 하네.

제3폭의 시

가을바람 서늘하니 가을 이슬 맺히고
가을달이 아름다우니 물빛이 푸르다네.
여기 저기 돌아오는 기러기 울음소리,
또다시 들리는 우물가의 오동잎 지는 소리.
평상 아래 들리는 온갖 벌레 울음소리,
침상 위에 저 여인 눈물방울 지우네.
낭군님 만 리 밖에 전쟁터에 나갔으니
오늘 밤 옥문관에도 달이 밝으리라.

새 옷을 지으려니 가위마저 차가워라

낮은 소리 아이 불러 인두 가져오라 하네.
인두불이 식은 것을 알지 못하여
거문고 현금 가늘게 뜯으며 머리만 긁네.
작은 연못에 연잎 이미 다 시들고
원앙 무늬 기와 위엔 첫서리가 내렸네.
낡은 시름 새로운 한을 이기지 못하여
하물며 귀뚜라미는 골방에서 지새우네.

제4폭의 시

한 가지 매화 그림자 창문 향해 빗겨있고
바람 잦은 서쪽 회랑 월색이 밝는구나.
화롯불은 아직 식지 않아 부쇠로 다독이며
여자아이 불러 차완茶碗을 갈라 하네.
숲속 나무들은 한밤 서리에 놀라고
회오리바람 눈을 날려 긴 회랑으로 들어오네.
무단히 하룻밤 상사몽을 꾸었으니
모두 빙하의 그 옛날 전쟁터에 가있다네.

창가에 가득한 햇볕 봄날처럼 따뜻하고
시름겨운 속눈썹은 졸음 흔적 남아있네.
병에 꽂힌 작은 매화 꽃봉오리 반쯤 터졌고

수줍어 말 못하는 원앙 한 쌍 수놓았네.

차가운 서릿바람 북쪽 숲을 활키고

차가운 까마귀 울음소리 정말 시름겹네.

등불 앞에 임 그리워 눈물 흘리니

수놓다가 눈물 땜에 꽃 바늘 꺾어놨네.

한쪽 곁에는 별실이 하나 있으니 장막과 금침들이 역시 아름답게 정돈되어 있었다. 장막 밖에는 사향을 피우고 난초 기름으로 불을 밝혀 그 빛이 휘황하여 마치 대낮 같았다.

이생이 아가씨로 더불어 지극한 마음으로 그와 기쁨을 나누며 그렇게 한지 수일 만에 이생이 아가씨에게 말하기를,

「옛날 성현이 말하되 부모가 계시거든 멀리 놀러가지 말라 하였는데, 그런데 지금 내가 부모님께 인사드린 지 이미 3일이나 지났습니다. 부모님께서는 반드시 마을 문에 기대어 나를 기다릴 것이니 자식의 도리가 아닙니다.」하고, 최낭은 슬퍼하며 머리를 끄덕이고 담을 넘어 이생을 보내려고 했다. 이생이 이후로부터 그 집에 가지 않는 날이 없었다.

하루 저녁에 이생의 아버지가 그에게 묻기를, 「너는 아침에 나갔다가 저녁에야 돌아오니, 옛 선현들의 인仁과 의義를 배우라는 격언이 있다. 어두워 나갔다가 새벽에야 돌아오니, 이것이 무슨 일이냐? 반드시 경박한 자식이 되어 담장을 넘어 가서 그 집 박달나무를 꺾으려 함이라, 이 일이 세상에 알려진다면

사람들이 모두 내 자식 교육이 엄하지 못했다고 이를 것이니, 그래서 그 아가씨가 정말 지체 높은 집안이라면 반드시 너를 미친 짓이라고 하여 저 가문을 더럽히게 될 것이요. 남의 집에 누를 끼치는 것이니 그 일이 작은 것이 아니니라. 그러니 너는 빨리 영남으로 떠나서 노비를 거느리고 가서 농감을 하고는 다시는 돌아오지 말거라.」하고는, 즉시 이튿날 경상도 울주로 귀양을 보내듯 했다.

최낭은 매일 저녁 화원에서 기다려도 수개월이 되어도 이생은 돌아오지 않았다. 최낭은 이생이 병이 났을 거라고 생각하고 시녀인 향아를 명하여 몰래 이웃사람에게 이생에 대하여 물어보게 했다.

사람들이 말하기를,

「이랑은 그의 부친으로부터 죄를 지어 영남으로 간지 이미 수개월이라고 했다.」

최낭이 그 말을 듣고 병을 얻어 병상에 누워서 전전긍긍하며 일어나지 못했다. 간장 물도 입에 넣지 못하고, 말과 글도 하기 어려운 지경이었고, 얼굴 피부가 초췌하니 그의 부모가 이상히 여겨 그의 병 증세를 물어도 그녀는 입을 다물고 아무런 대답도 하지 않았다.

우연히 딸의 상자를 뒤지다가 일전에 이생이 화답한 시를 발견하고 무릎을 치며 깜짝 놀랐다.

「하마터면 우리 딸아이를 잃을뻔했구나.」하고 물어 말하기를,

「이생이 누구냐?」 했다.

이에 이르러서 그의 딸이 다시 숨길 수가 없었다.

가느다란 목소리로 아버지에게 말하기를,

「부모님이 나를 길러주신 깊은 은혜라 어찌 능히 감출 수 있으리오. 생각하옵건대, 남녀가 서로 감정을 느끼는 것은 인간의 중요한 정입니다. 이로써 '매실이 떨어지기 전에 좋게 오세요.'라는 말이 '시경' 주남편을 아가씨가 읊고, 또 '장단시'를 보고 감동하면 흉하다고 '주역'에 경계하고 있습니다. 저는 갯버들처럼 연약한 몸으로서 '상락지시'를 생각하지 않고 밤이슬에 옷을 적시면서 이웃사람들의 비웃음을 받았습니다. 담쟁이넝쿨이 나무를 감듯이 이미 나쁜 행실을 했습니다. 죄가 이미 가득 찼으니 집안을 더럽혔으나, 그러나 그 총각은 나를 유혹하여 끝없는 원망을 샀으니, 이 작고 연약한 몸으로 초조함을 참고 홀로 있게 되었습니다. 그에 대한 정과 생각이 날로 깊어져 사모하는 그리움이 깊어져 병이 되어 이 지경에 이르렀으니 장차 궁벽한 귀신이 되는 것입니다. 부모님께서 저의 소원을 따라주신다면 여생토록 따를 것이며, 만약 저의 심정을 몰라주신다면 오직 죽음만 있을 뿐입니다. 마땅히 이생으로 더불어 당연히 그와 함께 황천 아래서 놀 것이며 맹세코 다른 가문에는 시집가지 않겠습니다.」 했다.

이에 부모님이 그의 뜻을 알고 다시 또 그 병의 원인을 묻지 않았으나 한편으로는 깨우치고, 한편으로는 권유하여 그의 마음을 너그럽게 하였다.

다시 중매의 예를 쫓아서 이씨네 집 가문의 우열을 물으니, 이씨 집안도 최씨 집안이 어떤 가문인가를 물어보고 하는 말이,

「우리 집 아이는 비록 나이는 어려 이렇게 되었으나 학문에 정통하고 풍채도 갖추어 바라는 바는 훗날 장원급제 하고 수 년 후에는 명성을 떨칠 것이오니 서둘러 혼인을 시키는 것을 원하지 않습니다.」하니,

중매하는 사람이 돌아가서 그 말을 이르니 최씨 집안에서 다시 중매인을 보내 이르기를,

「한때에 놀던 친구들이 모두 이르기를, 아드님의 재주가 뛰어났다고 하니, 지금은 비록 움츠리고 있지만 어찌 용이 엎드려만 있겠습니까? 용은 하늘에 올라갈 것입니다. 마땅히 빨리 좋은 날을 잡아서 한번 만나 혼인하게 해주시기 바랍니다.」하니,

중매인이 그 말을 듣고 다시 이씨네 집에 가서 아뢰니 그 아버지가 하는 말이,

「나 역시 젊을 때부터 책을 잡고 경서를 다 공부했지요. 그러나 나이 많아서 이룬 것이 없소이다. 종들도 모두 도망가 버리고 친척들도 돕지 않아서 내 살아가는 것이 곤궁하고 살림도 기울어졌습니다. 하물며 그쪽 최씨가는 명문 벌족으로 어찌 한 사람의 한가한 선비 집안으로 사돈을 맺어 아이를 장가보내겠습니까? 이것은 반드시 중매인이 우리네 집을 과찬한 것이라 지체 높은 집안을 고무한 것입니다.」했다.

중매인이 또 최씨 집안에 가서 말하니, 최씨 집안에서 이르는 말이,

「납패의 의례와 혼수는 모두 우리 측에서 마련하겠습니다. 길일을 택하여 혼례 일을 정해서 화촉을 밝히면 좋겠습니다.」 했다. 중매인이 다시 돌아가서 이씨네 집에 이르니, 이씨네 집에서도 뜻을 바꾸어 즉시 사람을 보내어 이생을 불러 혼인에 관해서 물었다.

그러니 이생이 기쁨을 감추지 못하여 시를 한 수 지으니 그 시에 이르기를,

「깨어진 거울 다시 붙일 때가 있어요.
은하수 까막까치가 이 기약 도왔네.
지금부터 월노月老는 실을 얽고 가버렸나
봄바람을 향하여 접동새를 원망하지 말아요.」

최 낭자가 듣고 병이 차츰 나아갔다. 그래서 화답시를 지으니,

「악연이 다시 좋은 인연 되어
맹세한 말이 마침내 꼭 이어졌네요.
함께 사슴 수레 타고 가는 날이 어느 날인가요
시녀야, 날 잡아다오 꽃 비녀 바루리라.」

이에 좋은 날을 가려서 드디어 혼례날을 정하고 끊어진 줄을 다시 잇게 되었다. 스스로 함께한 후에는 부부가 사랑하고 공경하니 서로 대하기를 손님같이 했다.

비록 양홍梁鴻과 맹광盟光 부처와 포관鮑宣과 환소군桓少君 부부라도 그 절의에 있어서는 못하지 않다고 말하리라. 이생이 이듬해에 과거에 급제하여 벼슬에 올라 그 명성이 조정에 드높았다.

신축년에 홍건적紅巾賊이 서울을 점거하니, 임금(공민왕)은 복주(지금 안동)에 몽진을 하고, 적은 집을 불사르고, 사람을 죽이고 가축을 잡아먹었다. 부부와 친척들이 서로 보존하지 못하여 동서로 흩어져서 각기 도망가고 흩어졌다. 이생의 집도 궁벽한 곳에 숨어있으니 한 놈의 도적이 있어 칼을 빼들고 좇아왔다.

이생이 달아나서 도망을 했으나 최녀는 도적에게 붙잡힌바 되어 욕을 보이고자 하니 최녀가 크게 꾸짖어 말하기를,

「이 호랑이 짐승 같은 놈아 죽여 잡아먹어라. 내 죽어 호랑이의 뱃속에 장사지낼지언정, 어찌 능히 개나 돼지의 짝이 될까보냐?」 하니, 도적이 노발대발하여 죽여서 난도질을 했다.

이생은 황야에 도망쳐 숨어 있다가 근근이 목숨을 보전했다. 홍건적이 이미 괴멸됐다는 소문을 듣고 드디어 부모가 살던 옛 집을 찾아가니 그 집은 이미 병화에 다 타버리고, 또 그의 집에 이르니 낭무만 황량하게 남아 있었다. 쥐가 우글거리고 새가

지저귀고 있었다. 슬픔을 이기지 못하여 작은 정자에 올라가니 한숨과 눈물이 흘러내려 눈물을 닦으며 한숨을 지었다. 문득 날이 저물어 홀로 앉아서 그전에 놀던 일을 생각하니 마치 꿈과 같았다. 밤이 깊어 2경이나 되어 달빛은 희미하게 빛을 토해내고 그 빛은 지붕과 들보를 비추었다. 그때였다. 낭하에서부터 발자국 소리가 점점 들리더니 오는데 살펴보니 최낭이었다.

이생은 그녀가 이미 죽은 것을 알지만 사랑함이 너무 깊어서 의심하지 않고 그녀에게 물었다.

「어디서 피난을 했어요? 몸은 완전한가요?」

최낭이 이생의 손을 잡고 통곡일성을 한다. 그리고 그 사이에 싸여진 정회를 말한다.

「저는 본시 양족으로 어려서 가정교육을 잘 받았으며 자수와 재봉 일을 익혀 시서와 글씨와 인의仁義의 예절과 오로지 여자로서 규방의 범절만을 알 뿐입니다. 어찌 밖의 일을 알겠습니까? 그러나 당신이 살구꽃 붉게 핀 담 안을 엿보기에, 저는 스스로 푸른 바다 구슬을 당신께 드리니 그 꽃 앞에서 한번 웃고는 평생의 은혜를 맺었네요. 별당 휘장 속에서 거듭 만나 백년을 함께 살 은정과 사랑을 나누었지요. 말이 여기까지 이르니 슬프고 부끄러움을 어찌 이길 수 있으리오. 장차 함께 늙도록 살자 했는데 그 횡액을 당할 줄 어찌 알았으리요. 몸이 두 동강이 나서 구덩이에 떨어지고 마침내 범과 호랑이 같은 놈들에게 정조를 맡기지 아니하고 스스로 육신을 찢어 모래 위에 흩었던 것이니, 진실로 천성과 자연이 그렇게 한 것이지 인간의 정으로 어찌 차마 그렇게 했으리요. 문득 산골에서 당신과 한번 이별하니 마침내 한 쌍의 새가 날아서 헤어지게 되었으니, 집이 망하고 부모님이 돌아가시고 상처 난 혼백은 의탁할 곳도 없고 의리를 중히 여겨 목숨을 가벼이 하였으니, 비참한 이 몸이 능욕을 모면한 것이 다행입니다. 그 누가 마디마디 상처 난 이 마음 알아주겠어요? 토막이 난 썩은 창자를 헛되이 맺어두고 뼈와 해골은 들판에 널려 있고 간과 쓸개는 땅에 버렸습니다. 옛날 그때 즐거웠던 것을 생각하니 당일의 원통함을 생각하고, 지금은 추연鄒衍이 음률을 불어 깊은 골짜기에 시든 풀을 살려내고 천녀倩女가 이 세상에 다시 살아나듯이 봉래산에 맺은 기약은 얽혀있고 삼생의 연분이 향기로워 이때에 다시 환생하여 돌아왔어요. 앞에서 맺은 맹세 저버리지 않겠어요. 만약 그대가 잊지 않으시고 마침내 나를 좋아하신다면 이랑께서 그렇게 허락해 주시겠습니까?」 했다.

이생이 기쁘고 감격하여 말하기를,

「진실로 소원입니다.」 하고, 두 사람은 서로 마음속에 있는 심정을 곡진하게 털어놓았다.

그리고 가산과 왜구에 관한 피해의 유무를 말하니 최낭이 말하기를,

「한 푼도 잃지 않았습니다. 그리고 아무 산, 아무 계곡에 묻혀있습니다.」라고 했다.

다시 묻되, 「양가 부모님의 해골은 어디에 있소?」 하니, 대답하기를,

「아무 곳에 버려져 있지요.」 하고는, 서로 정담을 나누고 난 다음 둘은 함께 잠자리에 들었다. 지극한 기쁨은 옛날과 같았다.

그 이튿날에 두 사람은 함께 그전에 묻어둔 곳으로 갔다. 과연 금과 은 몇 덩이를 재물로 얻었다. 그리고 또 양가 부모님들의 해골을 수습하여 금을 팔고 재물을 팔아 오관산五冠山 기슭에 합장했다. 봉분을 만들고 제사를 올리고 모든 예를 갖추었다.

그 뒤에 이생은 또한 벼슬을 바라지 않고 최낭과 더불어 같이 살았다. 도망갔던 노비들도 살아서 스스로 돌아왔다. 이생은 이로부터 세상에는 싫증이 나서 비록 친척과 빈객들이 조문을 와도 문을 닫고 나가지 않았다. 항상 최씨와 더불어 혹은 시를 읽고 또 화답하면서 금슬이 함께 화합하다가 어느덧 수 년이 흘러갔다.

어느 날 저녁에 최씨가 이생에게 말하기를,

「세 번 만난 기약도, 세상일은 덧없고 어긋나며 즐겁고 기쁨도 싫지 않음에 슬픈 이별이 빨리도 닥쳐왔어요.」 하고는, 드디어 오열하기 시작했다.

이생이 깜짝 놀라 묻기를, 「왜 그러느냐?」 하니, 최씨가 말하기를,

「저승의 운명은 피할 수가 없습니다. 옥황상제께서 저와 당

신의 인연이 나누어 끊어지지 않았고, 또 죄의 업장이 없어 임시로 잠시 몸을 빌려 당신과 못다 한 슬픈 정을 나누도록 해주신 것이에요. 인간 세상에 오래 머무르지 못하는 사람의 감정을 속일 수 없는 것입니다.」 했다.

그리고 최낭은 시녀를 불러 술을 올리게 했다. 옥루춘玉樓春 한 곡조를 노래하여 술을 권하니 그 노래에 하였으되,

창과 칼이 눈에 가득 서로 휘두르는 전쟁터에
옥구슬 깨트리듯 꽃이 지니 원앙새는 짝을 잃었네.
뼈와 살 흩어 낭자하니 그 누가 묻어주랴?
핏덩이 되어 노는 혼이 어디 가서 말을 하랴!

고당高唐에 내려온 무산녀巫山女는
파경의 초양왕楚襄王 마음 처참하니
이제 이별하면 두 사람 사이 너무 아득하여
천상 인간이라 소식조차 돈절하리라.

노래 한 곡조 부를 때마다 눈물과 울음이 흘러내려 노래를 제대로 부르지 못했다. 이생 역시 슬픔이 끊이지 않았다.

그래서 말하기를,

「차라리 낭자로 더불어 구천에 갈지언정 어찌 가히 홀로 살아 목숨을 보존하리요. 전에 난리를 겪은 이후로 친척과 노비

들이 각각 흩어져 떠나가고 돌아가신 부모님의 해골이 들판에 흩어져 있으니 낭자가 아니었다면 누가 능히 묻어주리요. 옛사람들이 이르기를, 죽고 사는 것도 예의가 있고 죽어 장사지내는 데도 예의가 있음이라. 그것을 낭자께서는 다하였으니 하늘이 내린 지순한 효도요 감격하여 마지 않으니 스스로 부끄러울 뿐이요. 원컨대 낭자께서는 인간 세상에 머물러 해로하여 백 년이 지난 뒤에 함께 흙으로 돌아갑시다.」했다.

최녀가 말하기를,「이랑의 수명은 아직도 남아 있으나 저는 이미 귀신의 명부에 올려 있으니 오래 볼 수 없나이다. 만약 진실로 인간에 미련을 갖는다면 명부의 법령을 위배하여 죄를 짓는 것뿐만 아니라 그대도 죄를 입게 됩니다. 다만 저의 유해가 아무 곳에 흩어져 있으니, 만약 은혜를 내려주신다면 바람과 햇볕에 놓아두지 말게 하십시오.」하고 서로 마주보며 눈물을 줄줄 흘렸다.

또 최낭이 말하기를,「낭군께서는 부디 안녕히 계세요.」하고 말을 마치자 점점 사라져서 마침내 종적을 감추었다.

이생이 최낭의 유골을 수습하여 부모의 산소 옆에 장사지냈다. 장례를 마치고 이생 역시 최낭을 너무 그리워했기 때문에 그것으로 병을 얻어 수개월 만에 죽게 되었다. 이런 소식을 듣고 사람들이 감탄하지 않는 이가 없고, 그 의리에 사모하지 않는 이가 없었다.

제3부 | 醉遊,浮碧亭記(취유부벽정기)

제3부

醉遊浮碧亭記
취 유 부 벽 정 기

취하여 「부벽정」에서 놀다

平壤은 古朝鮮國也라. 周.武王이 克商하고 訪.箕
평양 고조선국야 주무왕 극상 방기
子하여 陳.洪範九疇之法하고 武王이 封于此地하
자 진홍범구주지법 무왕 봉우차지
나 而不臣也니 其.勝地라 則.錦繡山, 鳳凰臺, 綾
이불신야 기승지 즉금수산 봉황대 능
羅島, 麒麟窟, 朝天石, 楸南墟가 皆.古跡이라 而.
라도 기린굴 조천석 추남허 개고적 이
永明寺.浮碧亭도 其.一也니라. 永明寺는 卽.東明
영명사 부벽정 기일야 영명사 즉동명
王의 九梯宮也니 在郭外.東北廿里에는 俯瞰長江
왕 구제궁야 재곽외동북입리 부감장강
과 遠矚平原이라 一望無際하니 眞勝境也라. 畵舸
원촉평원 일망무제 진승경야 화가
商舶이 晩泊于.大同門外之柳磯하니 留則必泝하
상박 만박우대동문외지유기 유즉필소
고 流而上하니 縱觀于此하면 極歡而旋이라. 亭之
유이상 종관우차 극환이선 정지

南에는 有.鍊石層梯라. 左曰, 靑雲梯하고 右曰, 白
남 유연석층제 좌왈 청운제 우왈 백

雲梯라 刻之于石하여 立華柱하니 以爲.好事者阮
운제 각지우석 입화주 이위호사자완

이러라.

天順初에 松京에 有.富室로 洪生年少하고 美姿
천순초 송경 유부실 홍생년소 미자

容하며 有.風度하고 又善屬文이라. 値.中秋望하여
용 유풍도 우선속문 치중추망

與同伴으로 抱布.貿絲于.箕城하여 泊舟艤岸하다.
여동반 포포무사우기성 박주의안

城中名娼이 皆出闉闍하여 而目成焉이라. 城中에
성중명창 개출인도 이목성언 성중

有.故友李生이 說宴以慰生하여 酣醉回舟라 夜凉
유고우이생 설연이위생 감취회주 야량

無寐하여 忽憶.張繼「楓橋夜泊」之詩하여 不勝淸
무매 홀억장계 풍교야박 지시 불승청

興하여 乘.小艇하고 載月打槳而上이라 期.興盡而
흥 승소정 재월타장이상 기흥진이

返이나 至則.浮碧亭下也라. 繫纜蘆叢하고 躡梯而
반 지즉부벽정하야 계람노총 섭제이

登하니 憑軒一望이라 朗吟淸嘯하니 時.月色如海
등 빙헌일망 낭음청소 시월색여해

하고 波光如練이라 雁叫汀沙하고 鶴驚松露하니 凜
파광여련 안규정사 학경송로 늠

然如.登淸虛紫府也라. 顧視故都하니 烟籠粉堞하
연여등청허자부야 고시고도 연롱분첩

고 浪打孤城에 有.麥秀殷墟之.歎이라 乃.作詩六
낭타고성 유맥수은허지탄 내작시육

首하니 曰,
수　　왈

不堪吟上,浿江亭하니　嗚咽江流,腸斷聲이라.
불 감 음 상 패 강 정　오 인 강 류 장 단 성

故國已銷,龍虎氣하고　荒城猶帶,鳳凰形이라.
고 국 이 소 용 호 기　황 성 유 대 봉 황 형

汀沙月白,迷歸雁이요　庭草烟收,點露螢이로다.
정 사 월 백 미 귀 안　정 초 연 수 점 로 형

風景蕭條,人事換하고　寒山寺裏,聽鐘鳴이라.
풍 경 소 조 인 사 환　한 산 사 리 청 종 명

帝宮秋草,冷凄凄하니　回磴雲遮,徑轉迷라.
제 궁 추 초 냉 처 처　회 등 운 차 경 전 미

妓館故基,荒薺合하고　女墻殘月,夜烏啼라.
기 관 고 기 황 제 합　여 장 잔 월 야 오 제

風流勝事,成塵土하고　寂寞空城,蔓蒺藜라.
풍 류 승 사 성 진 토　적 막 공 성 만 질 려

唯有江波,依舊咽하고　滔滔流向,海門西라.
유 유 강 파 의 구 인　도 도 유 향 해 문 서

浿江之水,碧於藍하고　千古興亡,恨不堪이라.
패 강 지 수 벽 어 람　천 고 흥 망 한 불 감

金井水枯,垂薜荔하고　石壇苔蝕,擁檉楠이라.
금 정 수 고 수 설 려　석 단 태 식 옹 정 남

異鄉風月,詩千首요　故國情懷,酒半酣이라.
이 향 풍 월 시 천 수　고 국 정 회 주 반 감

月白依軒,眠不得하니 夜深香桂,落毿毿이라.
월 백 의 헌 면 부 득 야 심 향 계 낙 삼 삼

中秋月色,正嬋娟이요 一望孤城,一悵然이로다.
중 추 월 색 정 선 연 일 망 고 성 일 창 연

箕子廟庭,喬木老하고 檀君祠壁,女蘿緣이라.
기 자 묘 정 교 목 로 단 군 사 벽 여 라 연

英雄寂寞,今何在요 草樹依稀,問幾年고?
영 웅 적 막 금 하 재 초 수 의 희 문 기 년

唯有昔時,端正月이요 清光流彩,照衣邊이라.
유 유 석 시 단 정 월 청 광 유 채 조 의 변

月出東山,烏鵲飛하고 夜深寒露,襲人衣라.
월 출 동 산 오 작 비 야 심 한 로 습 인 의

千年文物,衣冠盡하고 萬古山河,城郭非라.
천 년 문 물 의 관 진 만 고 산 하 성 곽 비

聖帝朝天,今不返하니 閑談落世,竟誰依리요?
성 제 조 천 금 불 반 한 담 낙 세 경 수 의

金轝麟馬,無行迹하고 輦路草荒,僧獨歸라.
금 여 인 마 무 행 적 연 로 초 황 승 독 귀

庭草秋寒,玉露凋하고 青雲橋對,白雲橋라.
정 초 추 한 옥 로 조 청 운 교 대 백 운 교

隋家士卒,隨鳴瀨하고 帝子精靈,化怨蜩라.
수 가 사 졸 수 명 뢰 제 자 정 령 화 원 조

馳道烟埋,香輦絶하고 行宮松偃,暮鐘搖라.
치 도 연 매 향 련 절 행 궁 송 언 모 종 요

登高作賦,誰同賞고? 月白風淸,興未消라.
등 고 작 부 수 동 상 월 백 풍 청 흥 미 소

生이 吟罷에 撫掌,起舞踟躕라. 每吟一句에 歔欷
생 음 파 무 장 기 무 지 주 매 음 일 구 허 희
數聲이라 雖無扣舷吹簫라도 唱和之樂하고 中情
수 성 수 무 구 현 취 소 창 화 지 락 중 정
感慨는 足以舞,幽壑之潛蛟는 泣孤舟之嫠婦也
감 개 족 이 무 유 학 지 잠 교 읍 고 주 지 이 부 야
라. 吟盡欲返하니 夜已三更矣라 忽有跫音이 自西
음 진 욕 반 야 이 삼 경 의 홀 유 공 음 자 서
而至者라. 生은 意謂寺僧聞聲하고 驚訝而來하며
이 지 자 생 의 위 사 승 문 성 경 아 이 래
坐以待之하나 見則,一美娥也라. 丫鬟,隨侍左右하
좌 이 대 지 견 즉 일 미 아 야 아 환 수 시 좌 우
고 一執玉柄拂하고 一執輕羅扇하여 威儀整齊하니
일 집 옥 병 불 일 집 경 라 선 위 의 정 제
狀女,貴家處子라. 生이 下階하여 而避之于,墻隙하
상 여 귀 가 처 자 생 하 계 이 피 지 우 장 극
여 以,觀其所爲하니 娥倚于,南軒하여 看月微吟이
이 관 기 소 위 아 의 우 남 헌 간 월 미 음
라 風流態度가 儼然有序하니 侍兒捧,雲錦茵席以
풍 류 태 도 엄 연 유 서 시 아 봉 운 금 인 석 이
進하여 改容就坐하다. 琅然言曰,「此間有,哦詩者
진 개 용 취 좌 낭 연 언 왈 차 간 유 아 시 자
는 今在何處오? 我非花月之妖요 步蓮之姝이니 幸
금 재 하 처 아 비 화 월 지 요 보 련 지 주 행
値今夕하여 長空萬里가 天闊雲收하고 氷輪飛而
치 금 석 장 공 만 리 천 활 운 수 빙 륜 비 이

銀河淡하고 桂子落而瓊樓寒하니 一觴一咏으로
은하담 계자락이경루한 일상일영

暢敍幽情이라 如此,良夜何오?」하다.
창서유정 여차양야하

生은 一恐一喜하여 踟躕不已라 作小謦咳聲하니
생 일공일희 지주불이 작소경해성

侍兒尋聲而來하여 請曰,「主母奉邀라.」하니 生은
시아심성이래 청왈 주모봉요 생

蹴踖而進하여 且拜且跪하여 娥亦不之甚敬하고
축적이진 차배차궤 아역부지심경

但曰,「子亦登此라.」하고 侍兒以,短屛乍掩으로 只,
단왈 자역등차 시아이단병사엄 지

半面相看하고 從容言曰,「子之所吟者는 何語也
반면상간 종용언왈 자지소음자 하어야

오? 爲我陳之라.」하니 生이 一一以誦하니 娥笑曰,
위아진지 생 일일이송 아소왈

「子亦,可與言詩者也라.」하고 卽命侍兒로 進酒一
자역가여언시자야 즉명시아 진주일

行하니 殽饌이 不似人間이라 試啖,堅硬莫吃하고
행 효찬 불사인간 시담견경막흘

酒又苦,不能이라. 娥莞爾曰,「俗士가 那知,白玉
주우고불능 아완이왈 속사 나지백옥

醴,紅虯脯乎리요?」하다. 命,侍兒曰,「汝,速去,神護
례홍규포호 명시아왈 여속거신호

寺하여 乞,僧飯小許來하라.」하니 兒承命而往하여
사 걸승반소허래 아승명이왕

須臾得來하니 卽,飯也라. 又無下飯이라 又命侍兒
수유득래 즉반야 우무하반 우명시아

曰,「汝去酒巖하여 乞饌來하라.」하니 須臾에 得,鯉
왈 여거주암 걸찬래 수유 득이

炙而來하다. 生이 啗之하다 啗訖에 娥已依生詩하
자 이 래 생 담 지 담 흘 아 이 의 생 시

여 以和其意하니 寫於桂箋하여 使,侍兒로 投于生
이 화 기 의 사 어 계 전 사 시 아 투 우 생

前하니 其詩에 曰,
전 기 시 왈

東亭今夜,月明多하니 清話其如,感慨何오?
동 정 금 야 월 명 다 청 화 기 여 감 개 하

樹色依稀,青蓋展하여 江流瀲灩,練裙拖라.
수 색 의 희 청 개 전 강 류 염 염 련 군 타

光陰忽盡,若飛鳥하여 世事屢驚,如逝波라.
광 음 홀 진 약 비 조 세 사 누 경 여 서 파

此夕情懷,誰了得고? 數聲鐘磬,出烟蘿라.
차 석 정 회 수 료 득 수 성 종 경 출 연 라

故城南望,浿江分하니 水碧沙明,叫雁群이라.
고 성 남 망 패 강 분 수 벽 사 명 규 안 군

麟駕不來,龍已去하고 鳳吹曾斷,土爲墳이라.
인 가 불 래 용 이 거 봉 취 증 단 토 위 분

晴嵐欲雨,詩圓就하고 野寺無人,酒半醺이라.
정 람 욕 우 시 원 취 야 사 무 인 주 반 훈

忍看銅駝,沒荊棘하니 千年蹤跡,化浮雲이라.
인 간 동 타 몰 형 극 천 년 종 적 화 부 운

草根咽咽,泣寒螿하고 一上高亭,思渺茫이라.
초 근 인 인 읍 한 장 일 상 고 정 사 묘 망

斷雨殘雲,傷往事하고 落花流水,感時光이라.
단 우 잔 운 상 왕 사 낙 화 유 수 감 시 광

波添秋氣,潮聲壯하고 樓醮江心,月色凉이라.
파 첨 추 기 조 성 장 누 초 강 심 월 색 량

此是昔年,文物地요 荒城疎樹,惱人腸이라.
차 시 석 년 문 물 지 황 성 소 수 뇌 인 장

錦繡山前,錦繡堆하고 江楓掩映,古城隈라.
금 수 산 전 금 수 퇴 강 풍 엄 영 고 성 외

丁東何處,秋砧苦요? 款乃一聲,漁艇回라.
정 동 하 처 추 침 고 관 내 일 성 어 정 회

老樹倚巖,緣薜荔하고 斷碑橫草,惹莓苔라.
노 수 의 암 연 설 려 단 비 횡 초 야 매 태

凭欄無語,傷前事하니 月色波聲,摠是哀로다.
빙 란 무 어 상 전 사 월 색 파 성 총 시 애

幾介疎星,點玉京하니 銀河淸淺,月分明이라.
기 개 소 성 점 옥 경 은 하 청 천 월 분 명

方知好事,皆虛事라 難卜他生,遇此生이라.
방 지 호 사 개 허 사 난 복 타 생 우 차 생

醽醁一樽,宜取醉하고 風塵三尺,莫嬰情하라.
영 록 일 준 의 취 취 풍 진 삼 척 막 영 정

英雄萬古,成塵土하고 世上空餘,身後名이라.
영 웅 만 고 성 진 토 세 상 공 여 신 후 명

夜何知其,夜向闌하니 女墻殘月,正團團이라.
야 하 지 기 야 향 란 여 장 잔 월 정 단 단

君今自是,兩塵隔하니 遇我却賭,千日歡이라.
군금자시 양진격 우아각도 천일환

江上瓊樓,人欲散하고 階前玉樹,露初溥이라.
강상경루 인욕산 계전옥수 노초부

欲知此後,相逢處하면 桃熟蓬丘,碧海乾이라.
욕지차후 상봉처 도숙봉구 벽해건

生이 得詩且喜하여 猶恐其返也하여 欲以談話
생 득시차희 유공기반야 욕이담화

留之하여 問曰,「不敢,聞姓氏,族譜라.」하니 娥噫而
류지 문왈 불감문성씨족보 아희이

答曰,「弱質은 殷王之裔로 箕氏之女이니다. 我,先
답왈 약질 은왕지예 기씨지녀 아선

祖는 實封于此하여 禮樂典刑을 悉遵湯訓하여 以,
조 실봉우차 예악전형 실준탕훈 이

八條教民으로 文物鮮華가 千有餘年이라. 一旦에
팔조교민 문물선화 천유여년 일단

天步艱難하여 災患奄至하여 先考敗績,匹夫之手
천보간난 재환엄지 선고패적 필부지수

에 遂失宗社하고 衛瞞乘時하여 竊其寶位라 而,朝
수실종사 위만승시 절기보위 이조

鮮之業이 墜矣라. 弱質顚蹶狼藉하고 欲守貞節하
선지업 추의 약질전궐낭자 욕수정절

여 待死而已라 忽有神人이 撫我曰,「我亦,此國之
대사이이 홀유신인 무아왈 아역차국지

鼻祖也라 享國之後에 入于海島하여 爲仙,不死者
비조야 향국지후 입우해도 위선불사자

가 已數千年이라 汝能隨我,紫府玄都하여 逍遙娛
이수천년 여능수아자부현도 소요오

樂乎아?」하니 余曰,「諾다.」하니 遂提携引我하여 至
락 호 여 왈 낙 수 제 휴 인 아 지

于所居하여 作別館以待之라 餌我以,玄洲不死之
우 소 거 작 별 관 이 대 지 이 아 이 현 주 불 사 지

藥으로 服之累月에 忽覺,身輕氣健이라 磔磔然하
약 복 지 루 월 홀 각 신 경 기 건 책 책 연

여 如有換骨焉하다 自是以後로 逍遙九垓하고 儻
여 유 환 골 언 자 시 이 후 소 요 구 해 당

佯六合에 洞天福地하여 十洲三島에 無不遊覽이
양 육 합 동 천 복 지 십 주 삼 도 무 불 유 람

라. 一日은 秋天晃朗하고 玉宇澄明하여 月色如水
일 일 추 천 황 랑 옥 우 징 명 월 색 여 수

하고 仰視蟾桂하니 飄然有,遐擧之志라. 遂登月窟
앙 시 섬 계 표 연 유 하 거 지 지 수 등 월 굴

하여 入,廣寒清虛之府하니 拜,嫦娥於,水晶宮裏러
입 광 한 청 허 지 부 배 항 아 어 수 정 궁 리

니 嫦娥,以我貞靜能文하고 誘我曰,「下土仙境도
항 아 이 아 정 정 능 문 유 아 왈 하 토 선 경

雖云福地나 皆是風塵이라 豈如履青하고 冥驂白
수 운 복 지 개 시 풍 진 기 여 이 청 명 참 백

鸞이 挹清香於丹桂하며 服寒光於碧落하여 遨遊
란 읍 청 향 어 단 계 복 한 광 어 벽 락 오 유

玉京하며 遊泳銀河之勝也니라.」卽命爲,香案侍
옥 경 유 영 은 하 지 승 야 즉 명 위 향 안 시

兒하고 周旋左右하니 其樂을 不勝可言이리요 忽於
아 주 선 좌 우 기 락 불 승 가 언 홀 어

今宵에 作,鄕井念하여 下顧蜉蝣하고 臨睨故鄕하
금 소 작 향 정 념 하 고 부 유 임 예 고 향

니 物是人非라 皓月掩,烟塵之色하니 白露는 洗塊
물 시 인 비 호 월 엄 연 진 지 색 백 로 세 괴

蘇之累하고 辭下淸宵하여 冉冉一降하고 拜于祖
소지루 사하청소 염염일강 배우조
墓하니 又欲,一玩江亭하여 以暢情懷라. 適逢文士
묘 우욕일완강정 이창정회 적봉문사
하여 一喜一赧하여 輒依瓊琚之章하니 敢展駑鈍
일희일난 첩의경거지장 감전노둔
之筆을 非敢能言하리요 聊以敍情耳니다.」하다.
지필 비감능언 요이서정이

生이 再拜稽首曰,「下土愚昧가 甘與草木同腐
생 재배계수왈 하토우매 감여초목동부
라도 豈意與,王孫天女로 敢望唱和乎리요?」하고 生
기의여왕손천녀 감망창화호 생
이 卽於席前하여 一覽而記하고 又,俯伏曰,「愚昧
즉어석전 일람이기 우부복왈 우매
宿障深厚하여 不能大嚼仙羞하고 何幸粗知字畫
숙장심후 불능대작선수 하행조지자화
하여 稍解雲謠에 眞一奇也라. 四美難具어니 請復
초해운요 진일기야 사미난구 청부
以,江亭秋에 夜,玩月爲題하여 押,四十韻하여 敎我
이강정추 야완월위제 압사십운 교아
하소서.」하니 佳人이 頷之하고 濡筆一揮로 雲煙相
가인 함지 유필일휘 운연상
軋하여 走書卽賦하니 曰,
알 주서즉부 왈

月白江亭夜에 長空玉露流라.
월백강정야 장공옥로류

淸光蘸河漢하고 灝氣被梧楸라.
청광잠하한 호기피오추

皎潔三千界요　嬋娟十二樓라.
교 결 삼 천 계　선 연 십 이 루

纖雲無半點하고　輕颯拭雙眸라.
섬 운 무 반 점　경 삽 식 쌍 모

瀲灩隨流水하고　依稀送去舟라.
염 염 수 류 수　의 희 송 거 주

能窺蓬戶隙하고　偏映荻花洲라.
능 규 봉 호 극　편 영 적 화 주

似聽霓裳奏하고　如看玉斧修라.
사 청 예 상 주　여 간 옥 부 수

蚌珠胚貝闕하고　犀暈倒閻浮라.
방 주 배 패 궐　서 훈 도 염 부

願與知微翫하고　常從公遠遊라.
원 여 지 미 완　상 종 공 원 유

芒寒驚魏鵲하고　影射喘吳牛라.
망 한 경 위 작　영 사 천 오 우

隱隱青山郭하고　團團碧海陬라.
은 은 청 산 곽　단 단 벽 해 추

共君開鑰匙하여　乘興上簾鉤라.
공 군 개 약 시　승 흥 상 염 구

李子停盃日하고　吳生斫桂秋라.
이 자 정 배 일　오 생 작 계 추

素屛光粲爛하고　紈幄細彫鏤라.
소 병 광 찬 란　환 악 세 조 수

寶鏡磨初掛하고　永輪駕不留라.
보 경 마 초 괘　영 륜 가 불 류

金波何穆穆하며　銀漏正悠悠라.
금 파 하 목 목　은 루 정 유 유

拔劍妖蟆斫하여　張羅鵔兎罦하라.
발 검 요 마 작　장 라 준 토 부

天衢新雨霽하고 石逕淡煙收라.
천 구 신 우 제　　석 경 담 연 수

檻壓千章木하고 階臨萬丈湫라.
함 압 천 장 목　　계 림 만 장 추

關河誰失路요? 鄕國幸逢儔라.
관 하 수 실 로　　향 국 행 봉 주

桃李相投報하니 罍觴可獻酬라.
도 리 상 투 보　　뇌 상 가 헌 수

好詩爭刻燭하고 美酒剩添籌라.
호 시 쟁 각 촉　　미 주 잉 첨 주

爐爆烏銀片하고 鐺翻蟹眼漚라.
노 폭 오 은 편　　당 번 해 안 구

龍涎飛睡鴨은 瓊液滿癭甌라.
용 연 비 수 압　　경 액 만 영 구

鳴鶴孤松驚하고 啼螿四壁愁라.
명 학 고 송 경　　제 장 사 벽 수

胡床殷瘦話하니 晉渚謝遠遊라.
호 상 은 수 화　　진 저 사 원 유

彷彿荒城在하고 蕭森草樹稠라.
방 불 황 성 재　　소 삼 초 수 조

青楓搖湛湛하고 黃葦冷颼颼라.
청 풍 요 담 담　　황 위 냉 수 수

仙鏡乾坤闊하고 塵閒甲子遒라.
선 경 건 곤 활　　진 한 갑 자 주

故宮禾黍穗하고 野廟梓桑樛라.
고 궁 화 서 수　　야 묘 재 상 규

芳臭遺殘碣하고 興亡問泛驅라.
방 취 유 잔 갈　　흥 망 문 범 구

纖阿常仄滿하니 累塊幾蜉蝣오?
섬 아 상 측 만　　누 괴 기 부 유

行殿爲僧舍하고 前王葬虎丘로다.
행전위승사 전왕장호구

螢燐隔幔小하고 鬼火傍林幽라.
형린격만소 귀화방림유

弔古多垂淚하고 傷今自買憂라.
조고다수루 상금자매우

檀君餘木覓하고 箕邑只溝婁라.
단군여목멱 기읍지구루

窟有麒麟跡하고 原逢肅愼鏃라.
굴유기린적 원봉숙신후

蘭香還紫府하고 織女駕蒼虯라.
난향환자부 직녀가창규

文士停花筆하고 仙娥罷坎帿라.
문사정화필 선아파감후

曲終人欲散하고 風靜櫓聲柔라.
곡종인욕산 풍정노성유

寫訖에 擲筆凌空而逝하니 莫測所之라. 將歸에 使,侍兒하여 傳命曰,「帝命有嚴하여 將驂白鸞하니 清話未盡하여 愴我中情이라.」俄而에 回飇捲地하고 吹倒生座하여 掠詩而去하니 亦不知所之라. 蓋, 不使異話가 傳播人間也니라.
사흘 척필능공이서 막측소지 장귀 사 시아 전명왈 제명유엄 장참백란 청화미진 창아중정 아이 회표권지 취도생좌 약시이거 역부지소지 개 불사이화 전파인간야

生이 惺然而立하여 藐爾而思하니 似夢非夢하여
생 성연이립 막이이사 사몽비몽

似眞非眞이라 倚闌注想하니 盡記其語하여 因念
사 진 비 진 의 란 주 상 진 기 기 어 인 념

奇遇라 하고 而,未盡情款이라 乃,追懷以吟曰,
기 우 이 미 진 정 관 내 추 회 이 음 왈

雲雨陽臺,一夢間에 何年重見,玉簫還고?
운 우 양 대 일 몽 간 하 년 중 견 옥 소 환

江波縱始,無情物하여 嗚咽哀鳴,下別灣하노라.
강 파 종 시 무 정 물 오 인 애 명 하 별 만

吟訖에 四盻하니 山寺鐘鳴하고 水村鷄唱이라 月
음 흘 사 혜 산 사 종 명 수 촌 계 창 월

隱城書하고 明星嘒嘒하여 但聽,鼠啾于庭이요 蟲
은 성 서 명 성 혜 혜 단 청 서 추 우 정 충

鳴于座하니 悄然而悲하다 肅然而恐하여 愴乎其,
명 우 좌 초 연 이 비 숙 연 이 공 창 호 기

不可留也라 返而登舟하니 怏怏鬱鬱이라 抵于故
불 가 유 야 반 이 등 주 앙 앙 울 울 저 우 고

岸하니 同伴競問曰,「昨宵에 托宿甚處오?」 生이
안 동 반 경 문 왈 작 소 탁 숙 심 처 생

紿曰,「昨夜에는 把竿乘月하고 至,長慶門外,朝天
태 왈 작 야 파 간 승 월 지 장 경 문 외 조 천

石畔하여 欲釣錦鱗이라 會,夜涼水寒하여 不得一
석 반 욕 조 금 린 회 야 량 수 한 부 득 일

鮒라 何恨如之리요?」하니 同伴은 亦不之疑也러라.
부 하 한 여 지 동 반 역 부 지 의 야

其後에 生은 念娥하여 得,勞瘵尪羸之疾하여 先
기 후 생 념 아 득 노 채 왕 리 지 질 선

抵于家하니 精神恍惚하고 言語無常이라 展輾在
저 우 가　　정 신 황 홀　　언 어 무 상　　전 전 재

床하여 久而不愈라. 生이 一日은 夢見,淡妝美人하
상　　구 이 불 유　생　일 일　몽 견 담 장 미 인

여 來告曰,「主母,奏于上皇하니 上皇惜其才하여
　내 고 왈　주 모 주 우 상 황　　상 황 석 기 재

使隷,河鼓幕下,爲從事라 上帝勅汝하니 其可避乎
사 예 하 고 막 하 위 종 사　상 제 칙 여　　기 가 피 호

아?」하니 生이 驚覺하여 命家人하여 沐浴更衣하고
　　　　생　경 각　　명 가 인　　목 욕 갱 의

焚香掃地하여 鋪席于庭이라 支頤暫臥라가 奄然
분 향 소 지　　포 석 우 정　　지 이 잠 와　　엄 연

而逝하니 卽,九月望日也라. 殯之數日에 顔色不變
이 서　　즉 구 월 망 일 야　빈 지 수 일　안 색 불 변

이라 人以爲,遇仙,屍解云하니라.
　　인 이 위 우 선 시 해 운

| 어려운 낱말 |

[泝流(소류)]: 거슬러 흐르다. [遠矚(원촉)]: 멀리 바라보다. [舸商(가상)]: 큰 배를 타고 장사하다. [泝流(소류)]: 배를 타고 거슬러 올라가다. [媢(모)]: 노려보다(모), 성낼(모). [闉闍(인도)]: 성곽의 망루. [酣醉(감취)]: 즐겨 술에 취하다. [打槳(타장)]: 배의 상앗대를 두드리다. [艤岸(의안)]: 언덕에다 배를 대다. [鴈叫(안규)]: 기러기가 울고 날다. [毿毿(삼삼)]: 털이 긴 모양. [回磴(회등)]: 돌 비탈길을 돌아가다. [薜荔(설려)]: 쑥대와 붓꽃. [蒺藜(질려)]: 들판에 있는 잡초. [蜩(조)]: 매미(조). [踟躕(지주)]: 머뭇거리다. [跫(공)]: 발자국 소리(공). [丫(아)]: 머리를 두 갈래로 묶을(아). [踧踖

(축적)]: 조심해서 밟다. [啗(담)]: 먹일(담). [瀲灩(염염)]: 물결이 넘실거림. [螿(장)]: 매미, 스르라미(장). [醽醁(영록)]: 좋은 술. [磔磔(책책)]: 책형하다. 형벌을 가하다. [儻(당)]: 빼어날(당). [瓊琚(경거)]: 패옥. 차고 다니는 옥을 말함. [蘸(잠)]: 잠그다. 문을 닫다(잠). [海陬(해추)]: 바다의 한쪽 모퉁이. [甖甌(영구)]: 사발. 주발. [颼颼(수수)]: 바람 소리. [淡妝(담장)]: 맑고 깨끗하게 꾸민 여자. [瘵尪(채왕)]: 절름발이 병신.

제3부

취하여 「부벽정」에서 놀다

취유부벽정기醉遊浮碧亭記

평양은 옛날 고조선 나라의 도읍지였었다. 주나라의 무왕이 상(은)나라 주왕紂王(은나라의 폭군)을 치고서 기자箕子를 조선에 보내어 왕으로 봉하고 홍범구주洪範九疇(기자시대 민치의 법)를 베풀고 그 땅을 무왕이 기자에게 봉토로 주었다. 무왕이 이 땅에 조선왕으로 봉했으나 신하로서 섬기지는 않았으니, 그곳이 바로 승지勝地였었다.

즉 금수산, 봉황대, 능라도, 기린굴, 조천석, 추남허가 바로 그 고적지였다. 그리고 영명사와 부벽루도 그중의 하나였다.

영명사는 즉 동명왕의 구제궁九梯宮이니, 평양성 밖 동북 20리에 있고 장강을 굽어보면 멀리 평원이 보이는데, 일망무제라 이것이 진짜 승경지였다. 그림으로 그려놓은 것 같이 상선이 대동강 밖의 수양버들 숲과 그 물가의 기슭으로 배가 와서 정박한다. 머물면 반드시 물 흐름을 거슬러 올라가서 이들을 마음대로 구경하면 지극히 즐기고, 배들이 돌아가면 정자 남쪽에 돌로 다듬어 만든 계단이 있는데, 왼쪽은 청운제요 오른쪽은 백운제다. 돌에 새겨 기둥을 세우니 호사가들이 구경하기에 알맞다.

순천順天 초에 송경(松都: 개성)에 부잣집 아들 홍생洪生이라는 젊은이가 하나 있었는데, 그는 얼굴이 아주 아름답고 풍채가 좋고 또 글을 잘하였다. 팔월 중추가절을 맞아 친구들과 함께 무명베를 가지고 실을 사려고 평양에 간 일이 있었다. 대동강 언덕에 배를 타고 강기슭으로 가서 배를 갖다 대었다. 성 안의 이름난 기생들이 모두 인도문闉闍門을 나와서 추파를 던지는데, 평양성 안에 옛 친구인 이생李生이 잔치를 베풀고 홍생을 환영해주었다. 술에 취하여 배를 타고 한 바퀴 도니 밤기운이 서늘하여 잠도 오지 않았다. 갑자기 중국 시인의 장계張繼의 시편 풍교야박楓橋夜泊이란 한시가 떠올라서 맑은 흥취를 이기지 못하여 작은 배를 타고 달빛을 싣고 노를 저으며 거슬러 올라갔다. 그래서 흥취가 다되면 돌아올 참이었으나 부벽정浮碧亭 아래까지 이르렀다. 배를 갈대숲에 매어두고 계단을 타고 올라가 보니 전경이 일망무제로 탁 트여왔다. 난간에 올라서 맑은 목소리로 시를 읊으니, 그때 월색月色은 바다에 비치고 파도는 비단을 펼친 듯했다. 기러기는 물가 모래밭에서 울고 학은 소나무 이슬에 놀라니, 마치 푸른 하늘이 청허자부淸虛紫府(옥황상제가 있은 곳)에 온 것 같았다. 돌아다보니 강가 언덕에는 안개가 둘러있는 듯하고 외로운 성에는 물결이 치고 있는데, 은殷나라가 망한 맥수지탄麥秀之嘆을 느끼면서 이에 6수의 시를 지으니 이에 이르기를,

대동강 부벽루에 회고의 정 이기지 못하겠네.
흐르는 강물은 울고 울어 애끓는 듯하구나.
그 옛 나라의 맹호 같은 기운은 다 사그라지고
거친 성터에는 봉황鳳凰의 모양만을 띠었구나.
모래 위엔 흰 달빛, 기러기는 길을 잃고
정초庭草에 안개 걷히니 이슬 젖은 저 반딧불이.
전경全景은 쓸쓸하고 인간도 바뀌었고
한산사寒山寺 종소리만 귓가에 울려오누나.

그 옛날 궁전에는 가을 풀 처량하고 무성한데
돌계단에 구름 덮여 아득하기만 하여라.
기생관妓生館 옛터에는 황량하게 풀만 우거지고
저 담장 잔월殘月에는 밤 까마귀만 울고 있네.
풍류 즐기던 옛일은 진토塵土를 이루었고
적막한 빈 성터에는 풀 넝쿨만 덮여있네.
오직 강가의 파도는 옛날처럼 울어 예니
도도한 저 흐름은 서해로 가는구나!

대동강 물빛은 쪽빛보다 푸르르고
천고흥망의 그 한을 차마 못 견디겠네.
금정金井 우물물에 담쟁이 잎만 드리우고
석단石壇 위에 푸른 이끼 능수버들이 에워쌌네.
타향의 저 달에는 시가 일천 수나 떠오르고
고국의 정회情懷 땜에 술이 거나하게 취했구나.
달빛 밝아 난간에 기대어도 잠은 오지 아니하고
밤 깊은 계수나무 향과 그림자 삼삼하게 드리우네.

중추中秋 밤 월색은 정말로 아름다워
한번 바라보니 외로운 성터 너무 슬프구나.
기자箕子의 사당, 뜰에는 나무가 이미 고목이 되었고
단군檀君 사당 벽에는 담쟁이 넝쿨만 얽히었네.
영웅은 말 없으니 지금은 다 어디에 계시는지
풀 나무 드문드문 몇 해나 되었는고?
오직 그 옛날 달빛만이 진정으로 밝아있고
청광淸光은 흘러흘러서 옷깃을 비추네.

동산에 떠오른 저 달빛 위로 까막까치 날고
깊은 밤 찬이슬 내려 옷깃만 적시는구려.
천년의 문물과 문화는 다 어딜 갔느냐?
만고萬古의 산하山河에 성곽도 허물어졌네.

성제聖帝는 하늘에 올라 지금까지 돌아오지 않으시니
인간 세상 말 한마디도 그 누가 전하리오.
임금님 금여金轝와 기린마麒麟馬는 자취도 없어지고
금연金輦 가시던 길에 무성한 풀, 스님 홀로 돌아가네.

뜰 앞에 풀이 차가워 가을 이슬 내리고
청운교와 백운교는 마주 서 있었구나!
수나라 군사 넋은 여울 따라 울고 있고
성제의 넋은 한 마리 매미 되어 울고 있어라.
달리던 길은 안개에 덮여 끊어지고 없는데
행궁의 소나무에는 저녁 종소리 들려오누나.
높은 곳에 올라가서 노래 한 수 지었으나
누구와 함께 감상하리요?
달 밝고 바람 맑아 여흥餘興은 사라지지 않구나.

홍생이 시를 읊고 난 다음에 손바닥을 비비며 일어나 춤을 추었다. 매양 시 한 구절을 읊을 때마다 감탄하는 소리를 냈다. 비록 뱃전을 두드리고 통소를 불더라도 서로 화창한 즐거움보다는 심중에서 우러나는 감개는 족히 물속에 잠긴 도롱뇽처럼 춤을 추는 것을 보면 외롭게 배를 탄 과부가 울 만도 했다. 시 읊기를 끝내고는 돌아가려 하니 밤은 이미 삼경이었다. 갑자기 발자국 소리가 서쪽으로부터 들려오니 홍생은 절에 스님이 그 소리를 듣고 놀라서 오는 것이겠지 하여 앉아서 기다렸으나 바라보니 어느 한 미녀였었다. 머리를 좌우로 두 갈래로 땋은 한 시녀는 옥 자루의 불자拂子를 잡고, 한 시녀는 엷은 비단 부채를 들고 예의가 올바르고 우아하여 그 형상이 귀한 집 처녀와 같았다. 황생이 섬돌을 내려가서 담의 틈새로 피했다. 그 모양을 보니 처녀는 남쪽 난간에 기대어 달을 보고 작은 목소리로 시를 읊었다. 풍류의 태도가 엄연하고 스스로 순서가 있는 것 같았으며 규범도 있는 것 같았다. 시녀가 운금雲錦 비단 자리를 펴서 얼굴을 가다듬고 앉았다.

그리고 말하기를, 「그 사이 시를 읊던 분은 지금 어디에 계시는지요? 저는 꽃과 달의 요정도 아니요 연꽃을 밟고 다니는 여자도 아니니, 다행히 오늘 저녁을 맞아 긴 창공의 구만 리 길이에, 뻗친 하늘에 맑게 구름이 걷히고, 차가운 둥근 달과 맑은 은하수가 뻗치고, 계수나무 열매가 떨어지고 하늘의 경루瓊樓가 차가운데, 술 한 잔에 시 한 수를 읊음으로 복받치는 정서를 폄이라 이같이 좋은 밤을 어찌합니까요?」 했다.

홍생은 이 말을 듣고 한편으로는 두렵고, 또 한편으로는 기뻐서 주저하여 마지 않았다.

조금 있다가 헛기침 소리를 내니 시녀가 기침소리를 듣고 찾아와서 청하기를, 「청컨대, 아씨께서 받들어 모셔오시랍니다.」

홍생이 주저하다가 나아가서 절을 하고 꿇어앉았다.

아가씨 역시 심히 공경하지는 않고서 다만 말하기를,

「그대께서도 여기 앉으십시오.」하고,

시녀는 낮은 병풍으로 서로 얼굴을 조금 가림으로 다만 반쯤 얼굴을 서로 바라보고 조용히 말하기를,

「당신께서 읊은 것은 무슨 시이지요? 그것을 저에게 풀이해주십시오.」라고 말했다.

홍생이 하나하나 그것을 외우니 아가씨가 웃으면서 하는 말이,

「그대 역시 저와 함께 시를 말할 수 있겠네요.」하고는,

즉시 시녀에게 명하여 술을 한상 가져오니 그 안주가 인간의 것이 아닌 것이었다. 씹어보니 딱딱하여 먹을 수가 없고 술 또한 써서 먹을 수가 없었다.

그 아가씨는 빙그레 웃었다.

그리고 말하기를,

「속세의 선비가 어찌 백옥례白玉醴(신선이 마시는 단술)를 알리요?」했다.

시녀에게 명해서 이르기를,

「너 빨리 신호사神護寺에 가서 스님께 청하여 절밥을 좀 얻어오렴.」하니,

시녀가 그의 명을 받들어 가더니 잠시 후에 얻어왔다. 그것은 곧 밥이었다. 그러나 또 반찬이 없었다.

또 시녀에게 명하여 말하기를,

「너는 주암酒巖에 가서 반찬을 얻어오라.」하니, 조금 있으니

잉어구이를 가지고 왔다. 그래서 홍생이 그것을 먹었다.

다 먹고 난 다음에 이미 홍생이 시에 화답하는 시를 계전桂箋(계수나무 향기 나는 편지지)에 써서 시녀를 시켜 홍생 앞에 던져주니 그 시에 이르기를,

동쪽 정자에 오늘 밤 달이 매우 밝으니
맑은 대화에 그 느낌이 어떠하오?
나뭇잎 색깔은 푸르러서 일산을 펼친 듯
흐르는 강물 잔잔하여 비단 치마 두른 듯하네.
세월은 빨리 가서 나는 새와 같으니
세상일이 흘러가는 파도와 같아서 놀랍기만 하네.
이 밤에 품은 정은 그 누가 알리요
안개 낀 숲속에서 종소리 들려오누나.

옛 성터 남쪽을 바라보니 대동강이 보이누나.
물은 푸르고 모래 맑아 기러기 울며 나르네.
기린 말은 오지 않고 황룡도 가버리고
봉황의 퉁소는 이미 끊어져 묻혀버렸네.
갠 산안개는 비를 몰고 시詩는 다 이루어지고
들판 절에는 사람 없어 반 술은 되었네.
청동 낙타는 가시넝쿨에 빠져있으니
차마 어찌 그것을 보랴,

천년의 발자취가 뜬구름 같구나.

풀뿌리 아래에선 차갑게 풀벌레 울고
높은 정자에 오르니 생각이 아득하네.
비 그친 남은 구름에 지난 일이 마음 아프고
꽃 지고 물이 흐르니 이 세월을 느끼누나.
파도는 가을 기운을 더하니 물소리 비장한데
정자가 강심江心에 잠기니 월색月色 더욱 처량하구나.
이곳은 그 옛날 문물이 아름다운 곳,
거친 성터에 성근 나무들 사람 마음 애끊는 듯하네.

금수산 앞에는 비단물결 쌓여 흐르고
강풍江楓이 비치는 물결 위에는 옛 성이 비치네.
가을 다듬이 소리가 어째서 마음 아프게 하는고?
큰 소리 지르며 고깃배는 돌아오도다.
고목은 바윗돌 의지하여 담장이는 넝쿨로 감겨있고
부러진 비석은 풀 이끼 속에 누워있네.
말없이 난간에 기대니 지난 일로 마음 아픈데
월색月色과 파도 소리는 모두모두 슬프구나.

성근 별 한두 개가 백옥경을 비추나니
은하수 맑고 얄아 달은 분명 밝고나.

바야흐로 좋은 일이 모두모두 허사로다
저승에서 만나기 어려워서 이승에서 만났네.
영록주醽醁酒(중국의 좋은 술) 한 단지를 마셔 취해보세
이 풍진세상에서 정에 얽매이지 말지어다.
영웅도 만고에는 한 줌 흙이 되고
세상은 헛되어도 죽으면 이름이 남는다네.

밤은 어째서 자꾸만 깊어가니
저기 저 지는 달은 정말로 둥글구나.
그대 지금 풍진세상 떠났으니
나를 만나 많은 날을 즐거움을 누릴세.
강가에 좋은 누각 사람들은 떠나가고
뜰 앞에 좋은 나무 이슬 맺혀 서 있구나.
이후라도 만날 것을 알고프면 여기서 만나세
여기는 봉래산 언덕 벽해碧海의 서북쪽이라네.

홍생이 이 시를 듣고 보니 오히려 그녀가 돌아갈까 걱정하여 정담을 하면서 여기 머물게 하고 싶어서 묻기를,

「어찌 성씨와 족보를 묻지 않으리오.」 하니,

그 미인은 한숨을 쉬면서 대답하기를,

「저는 은왕殷王의 후예로 기씨箕氏의 딸입니다. 우리 선조 기자는 이 땅에 왕으로 봉해져서 예악과 형전을 모두 성탕成湯의

유훈으로 팔조八條의 금법으로 백성을 가르치고 이 땅의 문물을 화려하게 한 지가 천년이 넘었습니다. 그러다가 하루아침에 천운을 만나 기울어져 환란이 이에 이르렀습니다. 팔부匹夫의 손에 크게 패하여 드디어 종실을 잃고 위만의 때를 타서 그 왕의 자리를 물려주었습니다. 그래서 조선의 왕업이 망하게 되었습니다. 약질인 저의 운명이 어지럽고 정절을 지키고자 하나 죽음을 기다릴 뿐입니다. 그런데 갑자기 신인이 나타나서 나를 어루만지며 말했습니다.」

「나 역시 이 나라의 시조이노라. 나라를 다스리고 난 다음 바다 섬에 들어가서 신선이 되어 죽지 않는 것이 이미 수천 년이 되었지. 너도 나를 따라 자부현도紫府玄都인 신선세계에 가서 즐겁게 노는 것이 어떠하겠느냐?」고 하시기에,

나는 대답하기를,

「네, 그렇게 하겠어요.」했더니,

「드디어 나의 손을 이끌고 그곳으로 데리고 가서 별관을 지어 대우하였습니다. 그리고 현주玄州(신선세계의 고을 이름)의 불사약을 먹여주었습니다. 약을 먹은 지 몇 달 만에 갑자기 몸이 가벼워지고 건강하여져서 완연히 환골탈퇴한 것 같았습니다. 이로부터 구해九垓(하늘과 땅의 끝)에 노닐고 육합六合(동, 서, 남, 북, 상, 하)을 거닐고 동천洞天과 복지福地와 13주(신선이 사는 곳)를 유람하지 않는 곳이 없었습니다. 하루는 가을 하늘이 밝고 우주가 밝아 달빛이 물과 같고, 달을 쳐다보니 멀리 올라가

고 싶은 마음이 있어 드디어 달에 올라가서 광한청허부廣寒淸虛府(달나라의 세계)에 들어가서 향아를 수정궁 안에서 만나게 되었더니 향아님이 나의 정절이 굳고 글을 잘하는 것을 알고 권유하였습니다.」

그리고 이른 말이,

「아래의 선경도 비록 복지이긴 하나 모두 풍진이라 어찌 푸른 하늘을 밟고 백란을 타고 붉은 계수나무의 맑은 향기를 맡으며, 벽락 하늘에서 한광을 입으며 옥경에 즐겁게 놀아 은하수 좋은데서 헤엄치고 노는 것만 같으리오 하고 즉시 향안香案(향을 놓는 탁자)을 받드는 시녀를 맡게 하여 상제를 좌우에 뫼시게 하니, 그 즐거움을 가히 말로서 다하지 못할 것 같습니다. 그런데 문득 오늘 밤에 고향생각 간절하여 아래의 하루살이 같은 인생을 내려다보고 고향을 아래로 엿보니, 이것은 옛사람이 아니었어요. 밝은 달은 안개와 티끌에 가리고, 흰 이슬은 흙과 먼지를 씻어 아래의 맑은 하늘을 그냥 두고 훨훨 날아 내려서 조상의 묘소에 배례하니 문득 이 완강정에 즐겨 놀아 정회를 풀려고 했는데, 마침내 문사文士를 만나 한번 기쁘고 한번 부끄러웠어요. 그리고 문득 주옥같은 시에 어찌 감히 이 둔필을 가지고 화답을 했으니 어찌 말을 다하리오. 저의 정회를 폈을 따름입니다.」 했다.

홍생이 재배하고 머리를 조아려 말하기를,

「속세에 사는 어리석은 몸이 초목을 더불어 썩더라도 달게

받을 것이니, 어찌 감히 왕손과 더불어 시를 화답하기 바랐겠어요?」 하다.

홍생이 곧 자리 앞에서 처녀의 시를 한번 보고 외우기에 또 엎드려 말하기를,

「우매한 사람이라 인간의 묵은 업장業障이 깊어 차려주신 신선의 음식도 씹어 먹지 못하고 다행히 글을 좀 알아 그대의 구름 같은 노래의 좋은 시를 이해했으니 참으로 이상한 일입니다. 사미四美(4가지 아름다움, 즉 양良, 미美, 실實, 락樂)를 갖추기 어려운데, 다시 강정추야江亭秋夜를 시제로 하여 40운을 지어 나에게 가르침을 주시오.」 하니,

그 미인이 고개를 끄덕이고 일필휘지로 구름과 안개가 서로 다투듯 당장 붓을 들어 부賦(시의 한 종류, 노래)를 지었으니,

달 밝은 강정江亭의 밤에 긴 하늘에서는 이슬이 내리고
맑은 빛 은하수에 잠기고 넓은 기운은 오동나무와 가래나무에 걸렸네.
삼천리 세계는 고결하고 12누각은 아름답기만 한데,
고운 구름 반점 하나 없고 가벼운 바람은 두 눈을 씻어주네.
물결은 흐르는 강물 따라가고 떠나가는 배를 보내주네.
달빛은 봉창 틈으로도 볼 수 있고 두루두루 갈대꽃 섬을 비추니
마치 예상霓裳곡을 연주하듯 옥도끼로 다듬는 것을 보노라.
조개는 진주를 용궁에서 낳고 무소는 어지러워 염부閻浮(수미산

의 하나)에서 넘어지네.

지미知微(당나라 때의 도사의 이름)와 달구경 원하고 항상 공원公遠(당나라 때의 도사) 따라 놀기를…

달빛이 너무 차가워 까막까치 놀라고 그림자 보고 오나라 소가 헐떡거리네.

달빛 은은하게 청산 성곽에 비치고 둥글고 푸른 바다 모퉁이에 떴네.

그대와 함께 열쇠로 문을 열어 흥에 겨워 발의 갈고리를 끌어 올리네.

이태백은 잔을 멈춰 달에게 묻고 오생吳生(吳剛)은 달에 가서 계수나무 베었다네.

흰 병풍은 빛 또한 찬란하고 비단 장막 세세하게 수놓았네.

보배 거울 비로소 닦아 걸고 수레바퀴 몰아 멈추지 않네.

금물결 어찌하여 그리 아름다우며 은 물시계는 바르게도 가는구나.

칼을 빼서 요망한 두꺼비를 베어서 그물을 쳐서 교활한 토끼를 잡을까.

하늘은 새롭게 비 개이고 돌길엔 얇은 안개 걷히네.

난간은 일천 그루 나무를 누르고 섬돌은 일만 길 폭포에 닿았네.

관하關河(함곡관과 황하)에서 누가 길을 잃었나? 고국에서 다행히 친구를 만났네.

도리화桃李花는 서로 봄을 알리니 뇌상罍觴(술잔) 술잔을 서로 주고받을만하네.

촛불에 새겨 서로 좋은 시를 다투고 꽃 꺾어 수놓고 좋은 술 마시네.

화로에 검은 숯불 불꽃 튀기고 작은 솥엔 게눈 넣고 끓어오르네.

용연향이 조으는 오리 향로에서 피어오르고 경액 술은 항아리에 가득 차있네.

학이 우니 외로운 소나무 놀라고 사방 벽에 귀뚜라미 우니 서글프네.

의자에 앉아 은은하게 이야기 끝나니 물가에 나가서 노니노라.

거친 성 방불하게 거기에 있고 조용하고 쓸쓸한 풀과 나무는 울창하네.

푸른 단풍은 고요히 흔들리고 누른 갈대는 차가워 우수수하네.

선경은 멀고도 아득하고 인간의 세월은 다 되어가도다.

고궁에는 벼와 기장이 이삭 피고 들판 사당에는 가래와 뽕나무 굽었네.

꽃다운 이야기는 깨진 빗돌에 남아있고 흥망의 역사는 물에 뜬 갈매기에 묻노라.

저 달은 차서 기우나니 인간은 하루살이와 같구나.

행궁은 절이 되고 옛 임금은 호구虎丘(오나라 왕조의 제상 무덤)에 묻혔도다.

반딧불은 휘장 밖에 조그마하게 빛나고 도깨비불은 숲 곁에 그윽하네.

그 옛날 생각하고 눈물 흘리고 오늘을 슬퍼하니 스스로 근심이로다.

단군 사적은 목멱산木覓山에 남았고 기자의 도읍지는 다만 구루溝婁뿐이로다.

굴에서는 기린말의 흔적이 남아있고 들에는 숙신肅愼의 화살촉을 만났네.

두란향은 상제의 궁전으로 돌아가고 직녀성은 푸르른 뿔 없는 용을 타고 가네.

문사는 꽃 같은 붓끌을 머물고 선녀는 공후인의 연주를 그만두었네.

노래 끝나니 사람들은 흩어지고 바람 고요하니 노 젓는 소리 한결 부드럽네.

그 미인은 시를 다 쓰고는 붓을 던지고 공중으로 솟아올라 가버렸다. 어디로 갔는지 알 길이 없었다.

미인이 돌아가려 할 때에 시녀를 불러 명해서 하기를,

「상제께서 명령이 엄하시어 곧 백란白鸞을 타고 돌아갑니다. 맑은 정담을 다 나누지 못하여 내 마음 안타까울 뿐이에요.」 했다.

잠깐 사이에 회오리바람 땅을 말아 올려 홍생의 자리를 뒤집

고 시詩도 접어서 가버리니 또한 간 곳을 알지 못했다. 대체로 이런 이상한 이야기가 인간을 통해 퍼지지 못하게 하는 것이다.

홍생은 정신이 깨어서는 그냥 서있을 뿐이었다. 아득하게 생각하니 비몽사몽 같아서 꿈같았으나 꿈도 아니었다. 진실 같으나 진실도 아니었다. 난간에 기대어 한참 생각하니, 그 미인과 나눈 말과 시를 다 기억했다. 인하여 기이한 만남이라 생각하고 다하지 못한 정과 아쉬움은 어쩔 수가 없었다.

이에 그 회포를 좇아 시를 한 수 지어 읊으니 그 시에 이르기를,

운우지정 나눈 양대陽臺에는 한바탕 꿈
어느 해에 옥피리 소리 다시 보려나?
강가의 파도는 끝내 무정한 물건이로고
목을 매듯 울음 울며 굽이치며 흘러가누나.

홍생은 읊기를 다하고 나서 사방을 둘러보니 산사의 종소리가 때마침 울리고 강마을에서는 새벽닭이 울었다. 달은 서쪽 성터로 지고 계명성은 반짝이는데, 다만 들리는 것은 쥐들이 찍찍거리고 귀뚜라미가 자리 밑에서 울고 있어 초연하게 비감이 앞섰다. 숙연하고 두려움이 앞서서 더 머물 수가 없어 돌아서서 배에 오르니 기분이 허전하고 울적하여 배를 그전의 강 언덕에 대니 친구들이 다투어 묻기를,

「어젯밤 어느 곳에서 잤느냐?」 했다.

홍생이 말하기를,

「어젯밤에는 낚싯대를 들고 달빛을 따라 장경문 밖의 조천석 강반에 가서 금린錦鱗을 낚으려 낚시질을 했네. 마침 밤에는 청량하고 물이 차가워 한 마리 붕어도 낚지 못했네.」

친구들은 의심하지 않았다.

그 뒤에 홍생은 그 미인을 그리워하여 너무 피로하여 병이 또한 겹쳐서 먼저 집으로 돌아오니 정신이 황홀하고 말씨가 올바르지 않았다. 병상에 전전하여 오래되어도 낫지 않았다.

홍생이 하루는 흰옷 입은 미인이 꿈속에 나타나서 말하기를,

「주모主母께서 옥황상제에게 당신의 문재文才를 아뢰었더니, 옥황상제께서 당신의 문재文才를 아껴 하늘나라에서 하고河鼓대성상장大星上將 막하의 종사관으로 임명하셨습니다. 옥황상제의 칙명이니 당신은 어찌 피할 수 있겠습니까?」 했다.

홍생이 꿈을 깨고 집사람에게 명하여 목욕을 하고 옷을 갈아입고 향불을 피우고 땅을 깨끗이 쓸고 자리를 펴서 뜰아래서 턱을 괴고 잠시 누웠다가 문득 세상을 떠났다. 곧 9월 보름날이었다. 시신은 빈방殯葬한 수일 만에도 안색이 변하지 않았다. 그래서 사람들이 하되 신선을 만나서 우화羽化(우화등선)했다고 하더라.

제4부 | 南炎浮洲志(남염부주지)

제4부

南炎浮洲志
남염부주지

「남염부주」에서 겪은 이야기

成化初에 慶州에 有,朴生者하니 以,儒業自勉하
성화초 경주 유박생자 이유업자면
여 常補大學館이나 不得登,一試하여 常,怏怏有憾
상보대학관 부득등일시 상앙앙유감
而,意氣高邁하여 見勢不屈하고 人以爲,驕俠이라
이의기고매 견세불굴 인이위교협
하다 然이나 對人接話에 淳愿慤厚하여 一鄕稱之러
연 대인접화 순원각후 일향칭지
라.

生은 嘗疑,浮屠巫覡鬼神之說하여 猶豫未決이
생 상의부도무격귀신지설 유예미결
라 旣而質之,中庸 參之易辭하고 自負不疑러니 而
기이질지중용 참지역사 자부불의 이
以淳厚라 故로 與,浮屠로 交하니 如,韓之顚과 柳之
이순후 고 여부도 교 여한지전 유지
巽者로 不過二三人이라. 浮屠亦以,文士交하니 如
손자 불과이삼인 부도역이문사교 여

遠之宗雷와 遁之王謝는 爲,莫逆友러라.
원 지 종 뢰 둔 지 왕 사 위 막 역 우

一日은 因,浮屠로 問,天堂地獄之說하여 復疑云
일 일 인 부 도 문 천 당 지 옥 지 설 부 의 운
하되「天地一陰陽耳라 那有天地之外에 更有天地
천 지 일 음 양 이 나 유 천 지 지 외 갱 유 천 지
리요? 必詖辭也라.」問之浮屠하니 浮屠亦,不能決
필 피 사 야 문 지 부 도 부 도 역 불 능 결
答이라 而,以罪福,響應之說로 答之라도 生은 亦不
답 이 이 죄 복 향 응 지 설 답 지 생 역 불
能心服也러라.
능 심 복 야

常著一理論으로 以自警하여 蓋,不爲他岐所惑
상 저 일 이 론 이 자 경 개 불 위 타 기 소 혹
이라.

其略曰,「常聞,天下之理는 一而已矣이니 性者
기 약 왈 상 문 천 하 지 리 일 이 이 의 성 자
는 何오? 無,二致也라 理者는 何오? 性而已矣니라.
하 무 이 치 야 이 자 하 성 이 이 의
性者는 何오? 天之所命也라 天이 以,陰陽五行으로
성 자 하 천 지 소 명 야 천 이 음 양 오 행
化生萬物하고 氣以成形하고 理亦賦焉이니라. 所
화 생 만 물 기 이 성 형 이 역 부 언 소
謂理者는 於,日用事物上에 各有條理라 하니 語,父
위 이 자 어 일 용 사 물 상 각 유 조 리 어 부
子則,極其親이요 語,君臣則,極其義라 以至,夫婦
자 즉 극 기 친 어 군 신 즉 극 기 의 이 지 부 부
長幼하여 莫不,各有當行之路라 是則,所謂道而,
장 유 막 불 각 유 당 행 지 로 시 즉 소 위 도 이

理之具於,吾心者也라. 循其理면 則,無適而不安
이 지 구 어 오 심 자 야 순 기 리 즉 무 적 이 불 안

이며 逆其理而拂性이니 則,菑逮라. 窮理盡性하여
역 기 리 이 불 성 즉 치 체 궁 리 진 성

究此者也라. 格物致知는 格此者也라. 蓋,人之生
구 차 자 야 격 물 치 지 격 차 자 야 개 인 지 생

은 莫不有是心이요 亦,莫不具,是性은 而天下之物
막 불 유 시 심 역 막 불 구 시 성 이 천 하 지 물

이니 亦,莫不有是理니라. 以心之虛靈으로 循性之
역 막 불 유 시 리 이 심 지 허 령 순 성 지

固然이라 卽,物而窮理하고 因事而推源하여 以,求
고 연 즉 물 이 궁 리 인 사 이 추 원 이 구

至乎其極이면 則,天下之理를 無不著現明顯이니
지 호 기 극 즉 천 하 지 리 무 부 저 현 명 현

而理之至極者는 莫不森於,方寸之內矣리라. 以
이 리 지 지 극 자 막 불 삼 어 방 촌 지 내 의 이

是로 而推之면 天下國家를 無不包括하며 無不該
시 이 추 지 천 하 국 가 무 불 포 괄 무 불 해

合이니 參諸,天地而不悖라도 質諸,鬼神而不惑하
합 참 제 천 지 이 불 패 질 제 귀 신 이 불 혹

고 歷之,古今而不墜니 儒者之事가 止於此而已矣
역 지 고 금 이 불 추 유 자 지 사 지 어 차 이 이 의

리니 天下豈有二理哉리요? 彼,異端之說을 吾不足
천 하 기 유 이 리 재 피 이 단 지 설 오 부 족

信也라.」하다.
신 야

一日은 於,所居室中에 夜挑燈讀易하다가 支枕
일 일 어 소 거 실 중 야 도 등 독 역 지 침

假寐라. 忽到一國하니 乃,洋海中에 一島嶼也라.
가 매 홀 도 일 국 내 양 해 중 일 도 서 야

其地에 無,草木沙礫하고 所履非,銅則鐵也라. 晝
기 지 무 초 목 사 력 소 리 비 동 즉 철 야 주
則,烈焰亘天하고 大地融冶하다가 夜則,凄風自西
즉 열 염 긍 천 대 지 융 야 야 즉 처 풍 자 서
하니 砭人肌骨하여 吒波不勝이라. 又有鐵崖如城
폄 인 기 골 타 파 불 승 우 유 철 애 여 성
하여 緣于海濱에 只有一鐵門하니 宏壯하여 關鍵
연 우 해 빈 지 유 일 철 문 굉 장 관 건
甚固라 守門者가 喙牙獰惡하여 執戈鎚以防外物
심 고 수 문 자 훼 아 영 악 집 과 추 이 방 외 물
이라. 其中居民은 以鐵爲室하니 晝則焦爛하고 夜
기 중 거 민 이 철 위 실 주 즉 초 란 야
則凍烈이라. 唯,朝暮蠢蠢하여 似有笑語之狀하니
즉 동 열 유 조 모 준 준 사 유 소 어 지 상
而亦不甚苦也라. 生은 驚愕逡巡하니 守門者喚之
이 역 불 심 고 야 생 경 악 준 순 수 문 자 환 지
라. 生은 遑遽不能違命하여 蹴踖而進하니 守門者
생 황 거 불 능 위 명 축 적 이 진 수 문 자
는 竪戈而問曰,「子는 何如人也오?」하다.
수 과 이 문 왈 자 하 여 인 야

生이 慄且答曰,「某國某土某로 一介迂儒가 干
생 율 차 답 왈 모 국 모 토 모 일 개 우 유 간
冒靈官이니 罪當寬宥하시고 法當矜恕하소서!」하다.
모 영 관 죄 당 관 유 법 당 긍 서

拜伏再三하고 且謝搪突하니 守門者曰,「爲儒者
배 복 재 삼 차 사 당 돌 수 문 자 왈 위 유 자
는 當逢威,不屈이라 하니 何磬折之如是요? 吾儕欲
당 봉 위 불 굴 하 경 절 지 여 시 오 제 욕
見,識理君子,久矣라. 我王亦欲,見如君者하니 以,
견 식 이 군 자 구 의 아 왕 역 욕 견 여 군 자 이

一語,傳白于東方하니 少坐하라! 吾將,告子于王하
일어 전백우동방 소좌 오장고자우왕
리라.」하다.

言訖에 趨蹌而入하여 俄然出語曰,「王欲延子
언흘 추창이입 아연출어왈 왕욕연자
於便殿이라! 子當以言對하여 不可以威厲諱라 使,
어편전 자당이언대 불가이위여휘 사
我國人民으로 得聞,大道之要라!」하다. 有,黑衣白
아국인민 득문대도지요 유흑의백
衣,二童이 手把文卷而出하니 一黑質,青字하고 一
의이동 수파문권이출 일흑질청자 일
白質,朱字로 張于生之,左右以示之라 生이 見,朱
백질주자 장우생지좌우이시지 생 견주
字하니 有名姓이라 曰,「現住某國朴某는 今生無
자 유명성 왈 현주모국박모 금생무
罪하니 當不爲此國民이라.」하다.
죄 당불위차국민

生이 問曰,「示不肖以文卷은 何也오?」하니 童
생 문왈 시불초이문권 하 동
曰,「黑質者는 惡簿也요 白質者는 善簿也니 在,善
왈 흑질자 악부야 백질자 선부야 재선
簿者는 王이 當以聘士禮迎之하며 在惡簿者는 雖
부자 왕 당이빙사례영지 재악부자 수
不加罪라도 以,民隸例勑之라 王若見生은 禮當詳
불가죄 이민예예칙지 왕약견생 예당상
悉이라.」하다.
실

言訖에 持簿而入이라가 須臾,飇輪寶車로 上施
언흘 지부이입 수유표륜보거 상시

蓮座하고 嬌童彩女가 執拂擎蓋하고 武隷邏卒과
연 좌 교 동 채 녀 집 불 경 개 무 예 나 졸

揮戈喝道하다 生이 擧首望之하니 前有鐵城三重
휘 과 갈 도 생 거 수 망 지 전 유 철 성 삼 중

으로 宮闕嶔峨하여 在,金山之下하고 火炎漲天하여
궁 궐 금 아 재 금 산 지 하 화 염 창 천

融融勃勃이라 顧,視道하니 傍人은 物於火燄中하
융 융 발 발 고 시 도 방 인 물 어 화 염 중

여 履洋銅融鐵하니 如,蹋濘泥라 生之前路에 可數
이 양 동 융 철 여 답 녕 니 생 지 전 로 가 수

十步許하여 如,砥而無流金烈火하니 蓋,神力所變
십 보 허 여 지 이 무 유 금 열 화 개 신 력 소 변

爾이라 至,王城하니 四門豁開하고 池臺樓觀은 一
이 지 왕 성 사 문 활 개 지 대 누 관 일

如人間이라 有,二美姝하여 出拜,扶携而入이라 王
여 인 간 유 이 미 주 출 배 부 휴 이 입 왕

은 戴,通天之冠하고 束,文玉之帶하고 秉珪,下階而
대 통 천 지 관 속 문 옥 지 대 병 규 하 계 이

迎이라 生이 俯伏在地하여 不能仰視러라.
영 생 부 복 재 지 불 능 앙 시

王曰,「土地殊異하니 不相統攝이라 而,識理君子
왕 왈 토 지 수 이 불 상 통 섭 이 식 이 군 자

가 豈可以威勢로 屈其躬也오?」하다. 挽袖而登殿
기 가 이 위 세 굴 기 궁 야 만 수 이 등 전

上하여 別施一床하니 卽玉欄金床也라 坐定하여
상 별 시 일 상 즉 옥 난 금 상 야 좌 정

王呼侍者하여 進茶하다 生이 側目視之하니 茶則
왕 호 시 자 진 다 생 측 목 시 지 다 즉

融銅이요 果則鐵丸也라 生은 且驚且懼나 而,不能
융 동 과 즉 철 환 야 생 차 경 차 구 이 불 능

避하고 以,觀其所爲하여 進於前하니 則,香茗佳果
피 이관기소위 진어전 즉향명가과
가 馨香芬郁하니 薰于一殿이러라.
형향분욱 훈우일전

茶罷에 王이 語生曰,「士,不識此地乎아? 所謂,
다파 왕 어생왈 사불식차지호 소위
炎浮洲也라 宮之北山이 卽,沃焦山也요 此洲,在
염부주야 궁지북산 즉옥초산야 차주재
天之南이라 故로 曰, 南炎浮洲이니 炎浮者는 炎火
천지남 고 왈 남염부주 염부자 염화
赫赫하여 常浮大虛라 故로 稱之云耳니라. 我名은
혁혁 상부대허 고 칭지운이 아명
燄摩요 言爲燄所摩也라 爲此,土君師하니 已,萬餘
염마 언위염소마야 위차토군사 이만여
載矣로다 壽久而靈하고 心之所之하여 無不神通이
재의 수구이령 심지소지 무불신통
라 志之所欲은 無不適意라 蒼頡作字에 送,吾民以
지지소욕 무불적의 창힐작자 송오민이
哭之하고 瞿曇成佛에도 遣,吾徒以護之하니 至於
곡지 구담성불 견오도이호지 지어
三五周孔은 則,以道自衛하여 吾,不能側足於,其
삼오주공 즉이도자위 오불능측족어기
間也니라.」하다.
간야

生이 問曰,「周孔,瞿曇은 何如人也오?」하니 王
생 문왈 주공구담 하여인야 왕
曰,「周孔은 中華,文物中之聖也요 瞿曇은 西域,姦
왈 주공 중화문물중지성야 구담 서역간
兇中之聖也라 文物雖明이나 人性駁粹도 周孔率
흉중지성야 문물수명 인성박수 주공솔

之하고 姦兇雖昧나 氣有利鈍하니 瞿曇警之라 周
지　　간 흉 수 매　　기 유 이 둔　　　구 담 경 지　　주

孔之教는 以正去邪하고 瞿曇之法은 設邪去事니
공 지 교　　이 정 거 사　　　구 담 지 법　　설 사 거 사

라 以正去邪라 故로 其言正直하고 以邪去邪라 故
　이 정 거 사　　고　　기 언 정 직　　　이 사 거 사　　고

로 其言荒誕이니라. 正直故로 君子易從하고 荒誕
　기 언 황 탄　　　　정 직 고　　군 자 이 종　　　황 탄

故로 小人易信이라 其極致는 則,皆使君子小人이
고　　소 인 이 신　　　기 극 치　　즉　개 사 군 자 소 인

終歸於正理요 未嘗惑世誣民으로 以,異道誤之也
종 귀 어 정 리　　미 상 혹 세 무 민　　　　이　이 도 오 지 야

라.」하다.

生이 又問曰,「鬼神之說은 乃何오?」하니
생　　우 문 왈　　귀 신 지 설　　내 하

王曰,「鬼者는 陰之靈이요 神者는 陽之靈이라 蓋,
왕 왈　　귀 자　　음 지 영　　　신 자　　양 지 영　　　개

造化之迹이요 而,二氣之良能也니라 生이 則曰,人
조 화 지 적　　　이　이 기 지 량 능 야　　　생　　즉 왈　인

物이 死則曰,鬼神이니 而其理則,未嘗異也니라.」
물　　사 즉 왈　귀 신　　　이 기 리 즉　미 상 이 야

하다.

生이 曰,「世有祭祀鬼神之禮하니 且,祭祀之鬼
생　　왈　　세 유 제 사 귀 신 지 예　　　차　제 사 지 귀

神은 與,造化之鬼神과 異乎잇까?」하니 曰,「不異也
신　　여　조 화 지 귀 신　　이 호　　　　　　　왈　　불 이 야

라 士는 豈不見乎아?」先儒云하되「鬼神은 無形無
　사　　기 불 견 호　　　선 유 운　　　　귀 신　　무 형 무

聲이라 然이나 物之終始는 無非,陰陽合散之,所爲
성 연 물지종시 무비음양합산지소위
니 且祭天地는 所以謹,陰陽之造和也라 祀,山川은
차제천지 소이근음양지조화야 사산천
所以報,氣化之升降也니라. 享祖考는 所以報本이
소이보기화지승강야 향조고 소이보본
요 祀,六神은 所以免禍이며 皆,使人致其敬也니라
사육신 소이면화 개사인치기경야
非有形質,以妄加,禍福於人間이니 特人君蒿悽愴
비유형질이망가화복어인간 특인훈호처창
하여 洋洋如在耳니라 孔子는 所謂敬,鬼神而遠之
양양여재이 공자 소위경귀신이원지
가 正謂此也니라.」하다.
정위차야

生이 曰,「世有厲氣妖魅하여 害人惑物하니 此亦
생 왈 세유여기요매 해인혹물 차역
當言,鬼神乎잇가?」
당언귀신호

王이 曰,「鬼者는 屈也요 神者는 伸也라. 屈而伸
왕 왈 귀자 굴야 신자 신야 굴이신
者는 造化之神也요 屈而不伸者는 乃,鬱結之妖
자 조화지신야 굴이불신자 내울결지요
也니 合,造化라 故로 與,飮陽으로 終始而無跡하여
야 합조화 고 여음양 종시이무적
滯鬱結이라 故로 混人物,寃懟而有形이라 山之妖
체울결 고 혼인물원대이유형 산지요
曰,魈라 하고 水之怪曰,魊이라 하고 水石之怪曰,
왈 소 수지괴왈 역 수석지괴왈
龍罔象이라 하고 木石之怪曰,夔魍魎이라 하고 害
용망상 목석지괴왈 기망량 해

物曰, 厲라 하고 惱物曰, 魔라 하고 依物曰, 妖라 하고 惑物曰, 魅라 하니 皆鬼也니라 陰陽不測之,謂神이라 하니 卽,神也라 神者는 妙用之謂也니라 鬼者는 歸根之謂也니라 天人一理로서 顯微無間하여 歸根曰, 靜이라 하고 復命曰, 常이라 하니 終始造化를 而有,不可知其,造化之跡이라 是卽,所謂道也니라 故로 曰, 鬼神之德이 其盛矣乎인져!」

生이 又問曰,「僕이 嘗聞於,爲佛者之徒에 有曰, 「天上에 有,天堂하여 快樂處하고 地下有,地獄苦楚處하고 列,冥府十王하여 鞫,十八獄囚라 하니 有諸오? 且,人死七日之後에 供佛說齋,以薦其魂하여 祀王,燒錢以,贖其罪라 하니 姦暴之人도 王은 可寬宥否닛가?」하니 王이 驚愕曰,「是는 非吾所聞이라 古人이 曰,『一陰一陽之謂道요 一闢一闔之謂變이니 生生之謂易이라 하고 無妄之謂誠이라.』하니

夫,如是則,豈有乾坤之外에 復有乾坤하며 天地之
부 여 시 즉 기 유 건 곤 지 외 부 유 건 곤 천 지 지

外에 更有天地乎아? 如,王者는 萬民所歸之名也
외 갱 유 천 지 호 여 왕 자 만 민 소 귀 지 명 야

니라 三代以上에는 億兆之主하니 皆曰, 王而無稱
삼 대 이 상 억 조 지 주 개 왈 왕 이 무 칭

異名이라 如,夫子修,春秋하사 立,百王不易之大法
이 명 여 부 자 수 춘 추 입 백 왕 불 역 지 대 법

하니 尊,周室하여 曰, 天王이라 하니 則,王者之名을
존 주 실 왈 천 왕 즉 왕 자 지 명

不可加也니라. 至秦하여 滅,六國一,四海하여 自以
불 가 가 야 지 진 멸 육 국 일 사 해 자 이

爲,德兼三皇하고 功高五帝라 하여 乃改王號曰, 皇
위 덕 겸 삼 황 공 고 오 제 내 개 왕 호 왈 황

帝라 하니 當是時하여 僭,竊稱之者頗多라 如,魏梁
제 당 시 시 참 절 칭 지 자 파 다 여 위 양

荊楚之君이 是已라 自是以後로 王者之名分이 紛
형 초 지 군 시 이 자 시 이 후 왕 자 지 명 분 분

如也라 文武成康,之尊號가 已墜地矣라 且,流俗
여 야 문 무 성 강 지 존 호 이 추 지 의 차 유 속

無知하고 以,人情相濫은 不足道라 至於神道則,尚
무 지 이 인 정 상 람 부 족 도 지 어 신 도 즉 상

嚴하니 安有一域之內에 王者,如是其多哉리요? 士
엄 안 유 일 역 지 내 왕 자 여 시 기 다 재 사

는 豈不聞이랴 天無二日하고 國無二王乎아? 其語,
기 불 문 천 무 이 일 국 무 이 왕 호 기 어

不足信也리요 至於,設齋薦魂하여 祀王燒錢하니
부 족 신 야 지 어 설 재 천 혼 사 왕 소 전

吾不覺,其所爲也라 士는 試詳其,世俗之喬妄하리
오 불 각 기 소 위 야 시 상 기 세 속 지 교 망

요.」하다.

生이 退席하여 敷敷衽而陳曰,「世俗에 當,父母
생 퇴석 부부임이진왈 세속 당부모
死亡,七七之日에 若尊若卑하고 不顧喪葬之禮하
사망칠칠지일 약존약비 불고상장지예
고 專以追薦爲務라 富者는 靡費過度하여 炫燿人
전이추천위무 부자 마비과도 현요인
聽하고 貧者는 至於賣,田貿宅하고 貸錢賖穀하고
청 빈자 지어매전무택 대전사곡
鏤紙爲旛하고 剪綵爲花하고 招,衆髡爲,福田이라
루지위번 전채위화 초중곤위복전
立,壞像爲導師하고 唱唄諷誦하고 鳥鳴鼠喞하여
입괴상위도사 창패풍송 조명서즐
曾無意謂라 爲喪者는 携妻率兒하고 援類呼朋하
증무의위 위상자 휴처솔아 원유호붕
여 男女混雜하여 矢溺狼籍하고 使,淨土變爲穢溷
남녀혼잡 시익낭적 사정토변위예혼
하고 寂場變爲鬧市라 而又,招所謂,十王者하여 備
적장변위요시 이우초소위시왕자 비
饌以祭之하고 燒錢以贖之라 爲,十王者는 當,不顧
찬이제지 소전이속지 위시왕자 당불고
禮義하고 縱貪而濫受之乎리요? 當考其法度하고
예의 종탐이람수지호 당고기법도
循憲而,重罰之乎아? 此,不肖所以憤悱로 而不敢
순헌이중벌지호 차불초소이분비 이불감
忍言也라. 請爲不肖辨之하소서!」하다.
인언야 청위불초변지

王이 曰,「噫哉라! 至於此極也오? 且,人之生也
왕 왈 희재 지어차극야 차인지생야

는 天命之以性하고 地養之以生하고 君治之以法
천명지이성 지양지이생 군치지이법

하고 師敎之以道하고 親育之以恩이라 由是로 五
사교지이도 친육지이은 유시 오

典有序하고 三綱不紊이요 順之則祥하고 逆之則
전유서 삼강불문 순지즉상 역지즉

殃이라 祥與殃은 在,人生受之耳라 至於死에 則,精
앙 상여앙 재인생수지이 지어사 즉정

氣已散하여 升降還源이라 那有復留於,幽冥之內
기이산 승강환원 나유부유어유명지내

哉아? 且,寃懟之魂과 橫夭之鬼는 不得其死하여
재 차원대지혼 횡요지귀 부득기사

莫宣其氣하고 嗸嗸於,戰場黃沙之域하며 啾啾於,
막선기기 오오어전장황사지역 추추어

負命啣寃之家者는 間或有之라 或,托巫以致款하
부명함원지가자 간혹유지 혹탁무이치관

며 或,依人以辨懟라 雖,精神未散於當時라도 畢
혹의인이변대 수정신미산어당시 필

竟,當歸於無朕하니 豈有假形於,冥地리니 以,受犴
경당귀어무짐 기유가형어명지 이수안

獄乎리요? 此,格物君子는 所當斟酌也라 至於齋,
옥호 차격물군자 소당짐작야 지어재

佛祀王之事는 則尤誕矣리라. 且齋者는 潔淨之義
불사왕지사 즉우탄의 차재자 결정지의

요 所以,齋不齋而,致其齋也니라 佛者는 淸淨之稱
소이재부재이치기재야 불자 청정지칭

이요 王者는 尊嚴之號라 求車求金은 貶於春秋라
왕자 존엄지호 구거구금 폄어춘추

하니 用金用綃는 始於漢魏니라 那有以,淸淨之神
용금용초 시어한위 나유이청정지신

而,享世人供養이리요 以,王者之尊,而受罪人賄賂
이 향 세 인 공 양 이 왕 자 지 존 이 수 죄 인 회 뇌

하며 以,幽冥之鬼가 而縱世間,刑罰乎아? 此亦,窮
이 유 명 지 귀 이 종 세 간 형 벌 호 차 역 궁

理之士가 所當商略也리요.」하다.
리 지 사 소 당 상 략 야

生이 又問曰,「輪回不已하고 死此生彼之義는
생 우 문 왈 윤 회 불 이 사 차 생 피 지 의

可聞否아?」하니
가 문 부

曰,「精靈未散이면 則,似有輪回나 然이나 久則,
왈 정 령 미 산 즉 사 유 윤 회 연 구 즉

散而消耗矣니라.」하다.
산 이 소 모 의

生曰,「王은 何故로 居此異域,而爲王者乎아?」하
생 왈 왕 하 고 거 차 이 역 이 위 왕 자 호

니

曰,「我,在世에 盡忠於王하고 發憤討賊이라 乃誓
왈 아 재 세 진 충 어 왕 발 분 토 적 내 서

曰,『死當爲鬼하여 以殺賊이라!』하니 餘願未殄而,
왈 사 당 위 귀 이 살 적 여 원 미 진 이

忠誠不蔑이라 故로 托此惡鄕爲,君長이라 今居此
충 성 불 멸 고 탁 차 오 향 위 군 장 금 거 차

地而,仰我者는 皆,前世弑逆姦兇之徒라 托生於
지 이 앙 아 자 개 전 세 시 역 간 흉 지 도 탁 생 어

此하여 而爲我所制하고 將格,其非心者也라 然이
차 이 위 아 소 제 장 격 기 비 심 자 야 연

나 非,正直無私면 不能一日爲,君長於,此地也라
비 정 직 무 사 불 능 일 일 위 군 장 어 차 지 야

寡人聞하니 子,正直抗志하여 在世不屈하니 眞達
과 인 문 자 정 직 항 지 재 세 불 굴 진 달
人也라 而不得,一奮其志於,當世라 使荊璞이 棄
인 야 이 부 득 일 분 기 지 어 당 세 사 형 박 기
於塵野하고 明月이 沉于重淵하여 不遇良匠이면
어 진 야 명 월 침 우 중 연 불 우 양 장
誰知至寶리요? 豈不惜哉아? 余亦,時運已盡이라
수 지 지 보 기 불 석 재 여 역 시 운 이 진
將捐弓劒하고 子亦命數已窮이라 當瘞蓬蒿이리니
장 연 궁 검 자 역 명 수 이 궁 당 예 봉 호
司牧此邦이 非子而誰리요?」하다.
사 목 차 방 비 자 이 수

乃,開宴極歡하니 問生하되 以,三韓興亡之跡이
내 개 연 극 환 문 생 이 삼 한 흥 망 지 적
라 生이 一一陳之하되 至,高麗創業之由하니 王歎
생 일 일 진 지 지 고 려 창 업 지 유 왕 탄
傷,再三하여 曰,「有國者는 不可,以暴劫民이요 民
상 재 삼 왈 유 국 자 불 가 이 폭 겁 민 민
雖若,瞿瞿以從이나 內懷悖逆을 積日至月하여 則,
수 약 구 구 이 종 내 회 패 역 적 일 지 월 즉
堅氷之禍起矣리라 有德者는 不可以,力進位이니
견 빙 지 화 기 의 유 덕 자 불 가 이 역 진 위
天雖不,諄諄以語하나 示以行事리라. 自始至終으
천 수 불 순 순 이 어 시 이 행 사 자 시 지 종
로 而,上帝之命嚴矣라 蓋,國者는 民之國이요 命者
이 상 제 지 명 엄 의 개 국 자 민 지 국 명 자
는 天之命也라 天命已去면 民心已離이니 則,雖欲
천 지 명 야 천 명 이 거 민 심 이 리 즉 수 욕
保身이나 將何爲哉리요?」하다.
보 신 장 하 위 재

又復敍,歷代帝王,崇異道致,妖祥之事하니 王이
우 부 서 역 대 제 왕 숭 이 도 치 요 상 지 사 왕

便蹙額曰,
변 축 액 왈

「民謳謌而,水旱至者는 是,天使人主,重以戒謹
민 구 가 이 수 한 지 자 시 천 사 인 주 중 이 계 근

也요 民怨咨而,祥瑞現者는 是,妖媚人主하여 益以
야 민 원 자 이 상 서 현 자 시 요 미 인 주 익 이

驕縱也요 且,歷代帝王이 致瑞之日에 民其按堵
교 종 야 차 역 대 제 왕 치 서 지 일 민 기 안 도

乎아? 呼寃乎아?」하니
호 호 원 호

曰,「姦臣蜂起하고 大亂屢作에도 而上之人이 脅
왈 간 신 봉 기 대 난 누 작 이 상 지 인 협

威爲,善以釣名이면 其能安乎리요?」하니 王이 良久
위 위 선 이 조 명 기 능 안 호 왕 양 구

에 歎曰,「子之言이 是也니라.」하다.
탄 왈 자 지 언 시 야

宴畢하니 王이 欲,禪位于生하여 乃,手制曰,「炎
연 필 왕 욕 선 위 우 생 내 수 제 왈 염

洲之域은 實是瘴厲之鄕으로 禹跡之所不至요 穆
주 지 역 실 시 장 려 지 향 우 적 지 소 부 지 목

駿之所未窮이로다 彤雲蔽日하고 毒霧障天이요 渴
준 지 소 미 궁 동 운 폐 일 독 무 장 천 갈

飮,赫赫之洋銅하고 飢餐에 烘烘之融鐵하니 非,夜
음 혁 혁 지 양 동 기 찬 홍 홍 지 융 철 비 야

叉羅刹이 無以措其足하고 魑魅魍魎이 莫能肆其
차 나 찰 무 이 조 기 족 이 매 망 량 막 능 사 기

氣니라 火城川里요 鐵嶽萬重하니 民俗强悍하여
기 화 성 천 리 철 악 만 중 민 속 강 한

非,正直이면 無以辨,其姦이라 地勢凹隆하니 非,神威不可施其化라. 咨! 爾,東國某는 正直無私하며 剛毅有斷하고 著,含章之質하니 有,發蒙之才로다 顯榮雖蔑於身前이나 綱紀實在於身後하여 兆民永賴가 非子而誰리요? 宜,導德齊禮하고 冀納民於至善하며 躬行心得하여 庶躋世於雍熙하라 體天立極하여 法堯禪舜으로 予其作賓하노니 嗚呼欽哉하노라!」 하다.

生이 奉詔하고 周旋再拜而出하니 王이 復勅臣民致賀하며 以儲,君禮送之하고 又勅生曰,「不久當還하라 勞此一行,所陳之語를 傳播人間하여 一掃荒唐하라!」 하다.

生이 又,再拜致謝曰,「敢不對,揚休命之萬一이리오?」 하고 旣出門이라 挽車者하여 蹉跌覆轍하다 生이 仆地,驚起而覺하니 乃壹夢也라 開目視之하

니 書冊抛床(서책포상)하고 燈花明滅(등화명멸)이라 生(생)이 感訝良久(감아양구)에 自念將死(자념장사)하고 日以處置,家事爲懷(일이처치 가사위회)하다 數月有疾(수월유질)하여 料必不起(요필불기)라도 却,醫巫而逝(각의무이서)러라 其,將化之夕(기장화지석) 夢(몽)에 神人(신인)이 告於四鄰曰(고어사린왈),「汝,鄰家某公(여린가모공)이 將爲,閻羅王者(장위염라왕자)리라.」云(운)하다.

| 어려운 낱말 |

[怏怏(앙앙)]: 원망하는 소리. [詖辭(피사)]: 말이 간사하다. [蔕逮(치체)]: 묶어있는 상태. [砭(폄)]: 돌침(폄), 경계하다(폄). [吒(타)]: 꾸짖을(타). [蹴踖(축적)]: 허둥거림. 조심스러운 발걸음. [搪揬(당돌)]: 당돌하다. 뻗어나감. [蠢蠢(준준)]: 꿈틀거림. [趨蹌(추창)]: 비틀거리며 달려감. [飆(표)]: 회오리바람(표). [嶔莪(금아)]: 높고 험함. [燄(염)]: 불덩이(염). [蹋濘泥(답영니)]: 진창을 밟다. [蒼頡(창힐)]: 글자를 처음 만든 사람의 이름. [魈(소)]: 산도깨비. 이매. [魊(역)]: 물 도깨비(역), 어린아이 귀신(역). [魍魎(망양)]: 도깨비의 총칭. [厲(려)]: 갈다(려). 괴롭다. [髡(곤)]: 머리 깎을(곤). [喞喞(즐즐)]: 벌레소리의 의성어. [溷(혼)]: 어지럽다. 뒷간(혼). [怨懟(원대)]: 원한을 품다. [啾啾(추추)]: 웅얼거리며 시끄러운 소리. [犴獄(안옥)]: 감옥, 즉 향정鄕亭에 있는 감옥. [嗸嗸(오오)]: 걱정하는 소리. [瘞(예)]: 묻을(예). [蓬蒿(봉호)]: 쑥. [瘴(장)]: 풍토병(장). [魑魅魍魎(이매망양)]: 도깨비. [躋世(제세)]: 세상에 오르다. [躋(제)]: 오를(제). [勑(래)]: 위

로할(래). [仆地(부지)]: 땅에 엎드리다. [飢餐(기찬)]: 배가 고프다. [閻羅(염라)]: 염라국 또는 그 왕.

제4부

「남염부주」에서 겪은 이야기

남염부주지南炎浮洲志

성화成化 초에 경주에 박생朴生이란 사람이 살고 있었다. 유학儒學을 힘써 공부하여 일찍이 대학관인 성균관에 적을 두었으니, 과거시험에 뜻을 두어 항상 열심히 공부하는 고매한 뜻을 가지고 시세時勢에 굽히지 않았으며, 사람들이 교협하다 하였으나 남과 상대하여 말을 할 때는 순수하고 후하여 온 고을 사람들이 모두 그를 칭찬했다.

박생은 일찍 불교나 무속의 신들을 의심하여 천당과 지옥의 설說을 듣고 의심하여 이르기를,

「천지는 하나의 음과 양일뿐이다. 어찌 천지 이외의 천지가 또다시 있겠는가? 반드시 간사한 말일 것이리라.」하고 한 스님께 물으니, 그 스님 역시 명쾌한 답을 내리지 못했다.

그는 죄와 복, 하늘과 땅, 서로 상반되는 말로만 답할 뿐이었다. 박생은 역시 마음에 흡족한 답을 얻지 못했다.

그는 일찍이 나타나 있는 하나의 의론을 만들었으니, 그것은 스스로를 깨우치고 다른 이론에 유혹되지 않기 위함이었다. 그것을 대략 요약하여 말하되, 천하의 이치는 하나일 따름이니 '일一'이란 것이 무엇인가? 둘(二)이 아니라는 이치이다. '이理'란 것은 무엇인가? 하나의 '성性'일 따름이다. 그러면 '성性'이란 무엇인가? 하늘이 즉, '천天'이 명한 바이다. 천天이 음양오행陰陽五行으로써 만물을 만들고, '기氣'가 형상을 이루고 '이理' 또한 천부적天賦的인 것이다. 소위 '이理'라는 것은 일용하는 사물들이 각기 조리가 있음을 말하는 것이다. 말하자면, 부자간父子間을 말한다면 곧 '친親'을 극진히 하는 것이며, '군신君臣'을 말한다면 그 '의義'를 극진히 해야 한다. 그리고 부부夫婦와 장유長幼에 이르러서는 마땅히 해야 하는 길이 아님이 없는 것이다. 이것이 소위 도道와 의義가 우리 마음에 갖추어 있는 것이다. 이理를 따르면 어디에 가더라도 불안함이 없으며 그 의義를 거스르고 성性을 거스르면 재앙이 따르게 된다. 의를 궁구하고 성을 다하여 이를 궁구하는 것은 사물의 이치를 연구하는 것이다. 그래서 사물의 이치에 이를 것이며, 이것이 인격에 이르는 것이다.

대개 사람이 태어나서 이런 마음을 가지지 않는 이가 없고 또한 성性을 갖추지 않는 이가 없다. 그래서 천하의 사물은 이理가 아님이 없는 것이다. 마음을 비우면 잡념이 없어지고 영묘함으로 성性을 따른 것은 진실로 당연한 것이다. 즉, 사물의 이치를 궁구窮究하고 '일(事)'로 인하여 그 원인을 추구하고 궁극적인 목적에 이름을 구하면, 즉 천하의 이치를 밝게 나타내지 않음이 없으니, 이理의 지극한 것은 마음속에 심어지지 않음이 없다. 이로 미루어 보면, 천하국가를 포괄하지 않음이 없으며 모두 통합하지 않음이 없으니, 이런 경지에 이르면 천지에 동참해도 어그러짐이 없고, 귀신에 잡혀서라도 현혹되지 않고, 고금을 두루 통합하더라도 떨어짐이 없으니, 선비의 하는 일이 여기에 머물러있을 따름이다. 그래서 천하에 이理가 둘이 있으랴? 저 이단지설異端之說을 나는 족히 믿지 않음이로다.

어느 날 하루는 거처하는 방에서 등불을 돋우고 주역周易을 읽다가 베개에 기댄 채 잠이 들었는데, 갑자기 어떤 나라에 이르니 바다 가운데에는 섬이 하나 있었다. 그 섬에는 초목과 모래와 흙은 없고 밟히는 것이 구리가 아니면 쇠 같은 것이었다. 낮에는 뜨거운 불꽃이 하늘에 뻗히고 대지를 뜨겁게 녹여서 밤에는 차가운 바람이 서쪽으로부터 불어와 사람의 살갗과 뼈를 갉아내는듯하여 이 한파를 이길 수가 없었다. 또 쇠 철벽이 해안에 성처럼 둘러싸여 바닷가를 따라 나있었다. 다만 철문이 하나 굉장히 크고 웅장하여 잠금을 매우 굳게 해놓았다. 문을 지키는 사람이 이빨이 매우 영악하여 창과 철퇴를 가지고 밖의 침입을 막고 있었다. 그곳에 사는 사람들은 철로서 집을 만들고 살아서 낮에는 매우 뜨겁게 뭉개졌으며 밤에는 얼어서 찢어졌다. 다만 아침과 저녁에 움직여 활동하고 웃으며 말도 하는 상태를 보이고 있었다. 그래서 혹한과 뜨거움에도 그렇게 괴로워하지 않는 듯했다.

박생은 이런 것을 보고 경악하여 어쩔 줄을 모르고 있으니, 문지기가 박생을 보고 불렀다.

박생은 당황하여 그의 명령을 위배할 수가 없어서 주저하면서 나아가니, 문지기는 창을 앞세우고 묻기를,

「그대는 어떤 사람인가?」 했다.

박생이 겁을 잔뜩 먹고 말하기를,

「나는 아무 나라 아무 곳에 사는 아무개로, 아무것도 모르는 선비가 신령스런 관리를 모독했으니, 저의 죄를 마땅히 용서하시고, 저의 잘못을 너그러이 용서하소서.」 했다.

다시 엎드려 두세 번씩 절을 하고 그의 당돌한 행위를 사죄했다.

문지기가 말하기를,

「선비라는 사람은 위세를 만나도 허리를 굽히지 않는다고 했으니, 어찌 이같이 허리를 굽실거리시오? 우리들은 의리를 아는 군자들을 만나보고 싶은 지가 오래되었소. 우리 임금님께서도 군자 같은 분을 만나보고자 합니다. 그리고 동방東方의 한 말씀을 전하고자 하오니 잠시만 앉아있으시오. 내 곧 임금님께 알려드리리다.」 했다.

말을 마치고 서둘러 들어갔다. 조금 있으니까 어떤 이가 나오면서 하는 말이,

「임금님께서는 그대를 편전으로 모시고자 합니다. 그대는 마땅히 좋은 말로 대답해주시고 위세 때문에 꺼려서는 아니 됩니다. 우리나라 국민들로 하여금 대도大道의 중요함을 알려 말씀해 주십시오.」했다.

그리고 또 검은 옷, 흰옷 입은 두 동자가 손에 문권文卷을 쥐고 나왔다. 그 하나의 문권에는 검은 바탕에 푸른 글자로 쓰였고, 또 다른 한 권은 흰 바탕에 붉은 글자로 쓰여 있었다. 그 문권을 박생의 좌우에 놓고 보여주었다. 박생이 붉은 글자로 쓴 책을 먼저 보니 성과 이름이 있었다.

그 내용에 이르기를,

「현재 아무 나라에 살고 있는 박 아무개는 현생에서 죄가 없으니 당연히 이 나라의 백성이 될 수 없다.」고 쓰여 있었다.

그래서 박생이 묻기를,

「불초한 저에게 문권을 보여주는 이유는 무엇인지요?」하니,

동자가 이르기를,

「검은 바탕에 쓴 것은 악한 자의 명부요, 흰 바탕에 쓴 것은 선한 자의 명부니, 선한 자의 명부에 있는 자는 임금이 당연히 선비의 예로 대접할 것이며, 악부에 올려있는 자는 비록 죄를 벌하지 않더라도 이 나라 백성 노예로 칙령을 내립니다. 왕께서 박생이 알현하시면 극진한 예로 환영할 것입니다.」했다.

말을 마치니 동자는 그 명부를 가지고 들어가다가 잠시 동안 바람에 굴러가는 보배 수레로 연좌를 만들어 놓고 예쁜 동자와

아름다운 소녀가 불자拂子를 들고 일산을 받쳐 들고 있었다. 이는 박생을 연좌에 앉히고 머리 위에 보개를 받쳐 든다는 뜻이니, 박생을 수레에 태운다는 것이다. 무사와 병졸들이 창을 휘두르며 길을 비키라고 소리쳤다. 박생이 머리를 들어 바라보니 앞에는 철성이 3중으로 되어있고, 궁궐이 높이 솟아 금산 아래에 있고, 불꽃이 하늘로 치솟아 활활 타올랐다. 길을 돌아다보니 그 곁에 있는 사람들은 화염 속에 녹아내리는 뜨거운 구리와 쇳물을 마치 진흙을 밟듯 했다.

박생이 가는 앞길 수십 보쯤에 숫돌같이 평평했고, 흐르는 쇳물과 맹렬한 불꽃은 없었으니 대개 신력으로 변화시킨 것이리라. 왕성에 이르니 사방의 정문은 활짝 열려있고 연못과 누대와 누각은 모두 인간의 세계와 같았다. 두 사람의 미인이 나와서 절을 하고 양쪽으로 부축하여 들어갔다. 왕은 통천관通天冠(황제가 거동할 때 쓰는 관)을 쓰고 옥대를 둘렀으며 손에는 구슬을 쥐고 계단 아래로 내려와서 환영을 했다. 박생이 땅에 엎드려 똑바로 쳐다보지 못했다.

왕이 말하기를,

「그대의 세계와는 무척 다르니 서로 간섭할 수가 없소. 이 이치를 아는 군자께서 어찌 가히 위세 때문에 그대의 몸을 굽힐까?」 했다.

그리고 소매를 잡고 궁전으로 올라가서 특별히 한 자리를 마련하니, 즉 옥으로 만든 난간과 금으로 만든 걸상이었다. 자리를 정하여 앉으니 왕은 시녀를 불러서 차를 올리게 했다. 박생이 곁눈으로 보니 차는 구리 녹은 물이요, 과일은 쇠붙이로 만든 과일 같았다. 박생은 놀랍고 두려웠으나 능히 피할 수도 없어서 그들이 하는 짓만 바라볼 뿐이었다. 다과를 앞에 놓으니 향기로운 과일의 향과 좋은 과자 및 차의 향기가 풍겨서 온 궁전을 향기롭게 만들었다.

다과 자리가 파하니, 왕이 박생에게 말했다.

「선비께서는 이곳을 아시겠소? 이른바 '염부주炎浮洲'라는 곳이요. 이 궁궐의 북쪽 산이, 즉 '옥초산沃焦山'이요, 이 고을은 하늘의 남쪽에 있기 때문에, 그래서 이르기를 '남염부주南炎浮洲'이니 '염부'라는 것은 불꽃이 타오른다는 뜻으로 항상 공중에 떠있기 때문이라오. 그래서 이렇게 부를 뿐이요. 나의 이름은 염마요, 그것은 불꽃을 '어루만진다'는 것이요. 내가 이 나라의 임금이 된지는 이미 1만여 년이 되었고, 내가 오래 살아서 신령스럽고 내 마음이 가는 곳에는 신통하지 않는 곳이 없소이다. 내가 하고 싶은 것은 내 뜻대로 되지 않는 것이 없소. 창힐蒼頡(글자를 처음 만든 사람)이 글자를 만들 때 우리 백성을 보내어 도와주고 구담瞿曇(석가모니의 성씨)이 성불할 때도 우리 백성을 보내 보호해 주었소. 그러나 삼황오제나 주공과 공자는 도道로써 스스로를 지켜 내가 그 사이에 발붙일 곳이 없었소이다.」했다.

박생이 물어 말하기를,

「주공, 공자, 구담은 어떤 사람인가요?」하니,

왕이 말하기를,

「주공과 공자는 중국 인물 중에 가장 성인이요, 구담은 서역 간흉 중의 성인입니다. 문물이 가장 밝다고 하나 인성이 뒤섞인 사람도 주공周公은 다스렸고, 간사하고 흉악하고 비록 우매하나 기운과 이利가 순수하니 구담이 그것을 깨우쳤소. 주공의 가르침은 올바르고 사邪를 멀리하고, 구담瞿曇(석가모니)의 법은 사邪를 가져와서 이것을 멀리하니, 올바름으로서 사邪를 버린 까닭에 그의 말이 올바른 것이요. 그러므로 황탄荒誕한 것이었소. 정직한 까닭에 군자가 쉽게 따르고 황탄한 까닭에 소인들이 쉽게 믿느니라. 그 극치는 군자君子나 수인小人으로 하여금 끝에 가서 끝내는 바른 도리에 들어가게 함이요. 일찍이 세상을 현혹하고 백성을 속임으로서 이도異道로서 오도하려는 것이요.」했다.

박생이 또 물어 말하기를,

「귀신에 관한 학설은 어떠합니까?」하니,

염마왕이 말하기를,

「귀鬼란 것은 음陰의 영혼이요, 신神은 양의 영혼이니, 대개 조화의 흔적이요, 음양이기陰陽二氣의 타고난 기능이요.」하니,

박생이 말하기를,

「이 세상에서는 제사祭祀로서 귀신을 섬기는 예가 있으니, 이 제사의 귀신은 조화의 귀신과 뭐가 다릅니까?」하고 물으니,

마왕이 말하기를,

「다르지 않네. 선비는 어찌 그것을 보지 못했소?」

옛 선비들이 이르기를,

「귀신은 형태는 없어도 소리는 있네. 그러나 사물의 처음과 끝은 음양이 합하고 흩어지는 바 있지 않음이니, 또 천지에 제사 지내는 것은 음양과 조화를 공경하는 바요, 산천에 제사하는 것은 기화氣化의 승강升降에 보답하는 바이니라. 조상에 제향하는 것은 자기의 근본과 그 뿌리에 대한 보본報本이요, 육신六神(오방귀신)에 제사하는 것은 자기의 화를 면하는 바이며, 모두가 인간으로 하여금 그 공경함을 이루는 것이라 형질은 없어도 인간에게 화복을 더해줌이니, 특히 인간이 향을 피워 그 향기가 올라가 신령의 기가 사람에게 내려 도처에 충만해 있다고 느낄 따름이요. 그래서 공자께서는 소위 귀신은 공경하면서도 멀리 한다고 한 것은 바로 이를 이름이지요.」

박생이 또 묻기를,

「세상에는 악귀와 요상한 도깨비가 있어 사람을 해롭게 하고 사물을 현혹시킨다고 하니, 이 역시 마땅한 귀신이라고 말할 수 있는 것인지요?」

염마왕이 말하기를,

「귀鬼라는 것은 굽힌다는 뜻이요, 신神(伸)이란 것은 편다는 뜻이다. 굽히고 편다는 것은 조화의 신을 말하는 것이요, 굽혔다 편다는 것은 곧 답답하고 요사스런 도깨비인 것이다. 그래서 조화에 화합하는 것이다. 고로 음과 양으로 더불어 끝내 흔적이 없어서 막히고 울적하기 때문이다. 그래서 인물과 섞여 있어서 원통하고 원망하는 형태가 있는 것이요, 산의 요정을 소魈(도깨비)라 하고, 물의 요괴를 일러 역魆(도깨비)이라 하고, 수석水石의 요괴를 용강상龍岡象이라 한다. 수석의 괴를 기망량夔魍魎이라 하고, 해롭게 하는 물을 여厲라고 하고, 사물을 괴롭힌 요괴를 마魔라 하고, 어떤 물에 붙어있는 요괴를 요妖라 하고, 동물을 미혹하게 하는 요괴를 매魅라고 한다. 그래서 이 모두를 귀鬼라고 한다. 그리고 음과 양의 변화를 측량할 수 없는 것을 신령神靈이라 하니, 이것이 곧 신이다. 신이란 것은 묘한 작용을 말하는 것을 이름이다. 귀鬼라는 것은 근본으로 돌아가는 것을 이름이다. 하늘과 사람은 하나의 이치로서 미묘하게 나타나서 사이가 없으니 근본으로 돌아가는 것을 정靜이라 하고, 천명에 복귀하는 것을 상常이라 하니, 처음과 마침의 조화의 흔적을 알 수 없는 것이 바로 도道이다. 그렇기 때문에 귀신의 덕은 대단한 것이라 했다.」

박생이 또 묻기를,

「제가 일찍이 불교를 믿는 사람들에게 들었는데, 하늘 위에 천당이란 쾌락한 곳이 있고, 땅 아래 고통스러운 지옥이 있고, 거기엔 명부 시왕十王이 있어서 18옥에서 국문한다고 하니 정말입니까? 또 사람이 죽고 7일 후에 부처님께 드리는 재를 올려 그 망자의 영혼을 천도하고 지전을 태워 망자의 죄를 속죄하는 제사가 있다고 하니, 그러면 간사하고 포악한 사람도 너그러이

용서해줍니까?」 하니,

마왕이 경악하면서 말하기를,

「이는 내가 듣는 바가 아니라 옛사람들이 이르기를, 1음과 1양의 도를 말하는 것이요. 한번 열고 한번 닫는 것을 변變이라 하고, 생기고 낳는 것을 역易이라 하고, 망령됨이 없는 것을 일러 성誠이라 하니, 대체로 이와 같으면 어찌 건곤 밖에 건곤乾坤이 있으며, 천지 밖에 어찌 또 천지가 있으랴? 왕이란 자는 만백성에 귀의하는 이름이다. 삼대三代(하, 은, 주) 이상에는 억조창생의 주인이니, 이것을 다 왕이라 하니 모두가 말하기를 다른 명칭은 없는 것이다. 마치 공자가 춘추春秋라는 책을 지으시어 백왕이 바꾸지 못하는 법을 만들었으니, 이것은 주나라를 존중하여 이르기를 천왕天王이라 하였으니, 곧 이것이 왕자의 이름이다. 춘추제국에는 왕이란 이름을 쓰지 못했다. 진시황에 이르러 6국을 멸망시키고 사해四海를 하나로 통일하여 스스로 말하기를, 덕德은 삼황을 겸했고 공功은 오제五帝보다 높았다 하여 왕의 호칭을 개정하여 '황제'라 하였으니, 이때를 맞아 참람하여 이후로 왕의 호칭을 정하는 자가 자못 많았소이다. 문왕과 무왕과 성왕과 강왕이 이미 땅에 떨어졌소이다. 또 그리고 세속 사람들이 무지하고 인정이 서로 참람하여 넘치는 것은 족히 말할 수도 없지만 신도神道에 이르러서는 존엄함을 숭상하니 어찌 한 성 안에 왕이라 칭하는 자가 이와 같이 많으리오. 선비 그대는 어찌 듣지 못했소? 하늘에 해가 둘이 있을 수 없고, 나라에는 왕이 둘이 있을 수 있으랴? 했소. 그 말이 족히 믿을 수 있는 것인지요? 심지어는 재齋를 올려 혼을 천거하여 지전紙錢을 태워 왕께 제사를 올리니, 나는 그런 행위를 알지 못하겠소. 선비는 그런 세속적인 것에서 속이는 망령됨을 상세히 말해주시오.」 했다.

박생이 자리를 물러나와 옷깃을 여미고 말하기를,

「세속에 부모 죽음을 당하여 49일에 신분이 높든지 낮든지 유교식 장례는 돌보지 않고 절에 가서 망자의 추천에만 힘쓰고 있습니다. 부자는 과도한 비용을 들여 사람에게 듣도록 자랑하고, 가난한 자는 심지어 논밭과 집을 팔고 돈을 빌리고 곡식을 꾸어서 종이에다 기를 만들고, 비단을 오려서 꽃을 만들고, 여러 중을 불러서 복전福田을 빕니다. 무너진 불상을 수리하여 세울 때 도사가 범패를 외워 창하고 불경을 독송하니, 마치 새가 울고 쥐가 찍찍거리는 것 같아서 일찍 무슨 뜻인지 알 수가 없습니다. 상주는 처자식을 거느리고 벗들을 불러 남녀가 혼잡하게 똥오줌이 낭자하게 하여 정토가 더러운 뒷간으로 변하고 고요한 절간이 시끄러운 저잣거리처럼 변했습니다. 그리고 또 시왕十王을 초청하여 제수를 차려 제사를 지내고 지전을 태워 속죄하니, 이 시왕이 당연하게 예의를 돌보지 않고 함부로 탐하여 넘치도록 받겠습니까? 그 법도를 생각하고 그 법률에 따라 중벌로 다스리겠습니까? 이것이 불초한 제가 비분悲憤하므로 감히 참지 못한다는 말입니다. 청컨대 불초함을 분변해 주십시오.」했다.

마왕이 말하기를,

「아! 슬픈 일이로다. 일이 여기까지에 이르렀소? 사람이 태어날 때 하늘이 성性을 주고, 땅은 생명으로 기르고, 임금은 법으로서 다스리고, 선생은 도덕으로써 가르치고, 부모는 은혜로써 길렀소. 이로 말미암아 오륜의 차례가 있고 삼강이 문란하지 않음이요. 순서를 따르면 상서롭고 거스르면 재앙이 있나니, 상서로움과 재앙은 사람이 그것을 받기 따름이요. 죽음에 이르러서 정기가 모두 흩어져서 혼魂은 올라가고 백魄은 밑으로 내려가 근원으로 돌아감이니, 어찌 다시 깊숙한 어둠 속(지하)에만 머물러 있으리오. 또 원통하고 원망하는 혼과 요절하고 횡사하는 귀鬼는 그 죽음을 얻지 못하여, 그 기운을 펴지 못하여 전장과 같은 누런 사막에서 시끄럽게 지껄이며 목숨을 잃는 원한 맺힌 집에서 처량하게 우는 것이 간혹 있소. 혹은 무당에 붙어 호소하기도 하고, 혹은 사람에 붙어 원망을 풀려고도 한다. 비록 정신이 당시에는 흩어지지 않으나 끝내는 마땅히 무아無我에 돌아가니, 어찌 지옥의 모습을 빌려서 벌을 받으랴? 이것은 사물의 이치를 연구하는 군자는 마땅히 짐작할 것이요, 재齋와 부처에 제사 지내는 일에 이르면 더욱 더 황탄荒誕한 것이 되리라. 또 재齋라는 것은 깨끗하게 한다는 뜻이요. 그 까닭은 정결하다는 것이며, 정결하지 못한 것을 정결하게 하는 것이니 불자佛者는 청결함을 이름이요, 시왕十王은 존엄함을 이름이

라. 공자의 수레를 구하고 금을 구한다 함은 춘추春秋(공자가 지은 책)를 폄하貶下한 것이니, 돈을 쓰고 비단을 쓴다는 것은 한漢과 위魏에서 시작된 것이니, 어찌 청정淸淨한 신의 공양을 받을 것이리오. 시왕의 존엄으로 죄인의 뇌물을 받는 것이며 유명幽冥의 구鬼가 인간에게 마음대로 벌罰을 할 수 있겠는가? 이것 역시 궁구窮理하는 선비가 마땅히 요약要略하는 바이요.」했다.

박생이 다시 말하기를,

「윤회를 하지 않고 죽어서 이승에서 저승에 태어난다는 뜻에 대하여 물어볼까요?」

마왕이 말하기를,

「정령이 흩어지지 않으면 그것이 윤회하는 것 같으나, 그러나 오래되면 흩어져 없어지는 것이요.」했다.

박생이 말하기를,

「왕께서는 어째서 이런 이역異域에서 왕이 되셨습니까?」하니,

마왕이 말하기를,

「내가 인간 세상에 있을 때 왕에게 충성을 다하고 분발하여 적을 토벌했지요. 이에 맹서하기를, 사당위귀死當爲鬼(죽어서 마땅히 귀신이 됨)하여 적을 죽이겠다고 맹세했으나 원함을 다하지 않고 충성을 다하지 못해서, 그런 까닭에 이 악향惡鄕의 군주가 되었소. 지금도 이 나라에 살면서 나를 우러러 받드는 자가 다 인간 세상에서 시역弑逆하거나 한 간흉姦凶의 무리들이지요. 이들이 이 나라에 태어나서 나의 다스림을 받고 장차 그 나

쁜 마음을 바로잡으려 합니다. 그러나 정직하지 않고 사사로움이 있으면 하루라도 이 나라에서 왕이 될 수 없습니다. 과인이 듣기에, 그대는 정직하고 강직한 뜻을 가져 세상에 있어서 굽히지 않았다 하니 진실에 통달한 사람이라 당세에 있어서는 그 뜻을 한 번도 떨치지 못할 것이라. 형산荊山의 옥이 진흙 속에 버려지고 밝은 달이 깊은 연못에 빠져있어도 훌륭한 장인匠人을 만나지 못하면 비로소 그 보배로움을 그 누가 알리요? 어찌 애석하지 아니한가? 나 역시 시운이 다 되어 내 직책을 버려야 하오. 그대 역시 수명의 운수가 다 되어 쑥대 우거진 곳에 묻힐 것이니, 이 나라를 맡아 다스릴 사람이 그대가 아니고 누가 있겠소.」했다.

그리고 곧 연회를 베풀어 지극히 환대하니 박생에게 삼한의 홍망과 역사의 자취에 대해서 물었다.

박생이 일일이 말을 하되 고려의 창업과 이유에 이르니, 마왕이 세 번이나 감탄하여 말하기를,

「나라를 가진 자는 폭정으로 백성을 협박해서는 아니 되고 백성이 겁을 내서 벌벌 떨지만 내심으로는 반역을 품고 날로 달로 쌓여서 얼음이 굳은 것 같은 화가 일어날 것이니라. 덕 있는 자는 힘으로 왕위에 나아가서는 안 되는 것이니, 하늘이 비록 말로서 타이르지 않아도 행하는 일로서 계시할 것이리라. 처음부터 마지막까지 상제의 명은 준엄하니 대개 나라는 백성의 나라요, 명이란 것은 천명을 말함이니라. 천명이 이미 지나가면

민심이 떠나감이니, 그러면 자기 몸 보존하기도 어려우니 장차 어찌하리오.」

박생이 역대 제왕을 도와 요상妖祥을 숭상하다가 요상한 재난을 당하는 사실을 말하니,

마왕은 문득 이마를 찌푸리며 하는 말이,

「백성이 나라의 정치를 잘한다고 노래를 부르더라도 수해와 한해가 닥치는 것은, 이것은 하늘이 백성의 주인인 왕으로 하여금 자중하고 조심하라는 경계요. 백성이 원망하는 상서祥瑞를 나타내는 것은, 요괴가 주인인 왕에 아첨하는 것이며 더욱 교만하고 방종하게 되는 것이요. 또 역대 제왕이 상서를 나타내는 날에 백성이 안도하는 것인가? 아니면 원망하는 것인가?」했다.

박생이 마왕의 질의에 답변하기를,

「간신이 벌떼처럼 일어나고 큰 난리가 여러 번 일어남에도 위에 있는 사람들이 위협으로 잘한 일이라고 이름을 얻으려고 한다면, 그 어찌 편안하리요.」하니,

또 마왕이 오랜 침묵 끝에 탄식하기를,

「그대의 말이 옳아요.」라고 했다.

잔치가 끝나니 왕이 박생에게 선위하고자 하여 손수 선위禪位의 글을 지으니 이에 이르기를,

「염주의 구역은 실로 장려瘴厲의 옛 나라로 영주인 우임금의 자취도 이르지 아니한 바요, 주나라 목왕이 팔준마를 타고 천하

를 주유하여도 미치지 않았도다. 붉은 구름이 해를 가리고 지독한 안개가 하늘을 막고 목이 마르면 혁혁한 구리물을 마시고 밥으로는 시뻘건 쇠를 먹어야 하니, 야차夜叉(악귀)나 나찰羅刹(악귀의 하나)이 아니면 발붙이지 못하고, 도깨비 무리인 이매망량魑魅魍魎(도깨비)이 아니면 그 기운을 펴지 못한다. 불꽃같은 성이 천리나 되고 쇠 산이 일만 겹이나 되니, 민속이 거세고 사나워서 정직하지 않으면 그 간사함을 분별할 수가 없다. 지세 또한 울퉁불퉁하게 험하니 신과 같은 위력이 아니면 교화시킬 수가 없느니라. 아! 동쪽나라의 아무개는 정직무사하며 강직하고 결단성이 있어 자질을 갖추었으니 몽매한 사람을 개발하는 인재로다. 현달과 영예가 몸에는 없었다 하나 강기剛氣함이 실제로 그 몸에 있어 억조창생을 믿고 의지할 것은 그대가 아니면 누구이겠는가? 마땅히 백성을 덕으로 영도하고 예의로 다스려 지극히 선한 백성으로 거두어들이기 바라오. 몸소 행하고 마음으로 얻어드려 이 세상을 빛나게 다스리게 하라. 하늘을 바탕으로 해서 뻗어 일어나서 요순시대의 법을 그대로 본받아서 내 왕위를 그대에게 선위하노라.」 했다.

박생이 조서를 받들어 두루 절을 올리고 나오니, 왕이 신하에게 명령을 내려 치하하며 세자의 예로 환송했다.

또 박생에게 칙서를 내려 말하기를,

「오래지 않아 마땅히 돌아오라. 힘써 한 줄의 진술을 어록을 만들어 인간 세상에 전파하여 당황함을 일소하게 하라.」 했다.

박생이 또 재배하고 치사하여 말하기를,

「감히 이 어명을 만분의 일이라도 선양하지 아니하오리까?」
하고 문을 열고 나왔다. 수레를 끄는 자가 수레를 잘못 몰아 뒤엎어졌다. 박생이 땅에 넘어진 채 깜짝 놀라 꿈을 깨니 한바탕 꿈이었다. 눈을 뜨고 살펴보니 책들이 방에 널려있고 방에는 등불이 깜빡거렸다. 박생이 한참 만에 생각하기를, 그가 곧 죽을 날을 생각하고 그날부터 집안일을 정리하는데 마음을 기울였다. 수개월 만에 병이 들어 끝내 일어나지 못하고 의원과 무당을 찾아가지도 않고 죽게 되었다.

그가 죽으려 하는 저녁 꿈에 신인神人이 나타나서 이웃에 알려 말하기를,

「너희 이웃의 아무개가 앞으로 염라국의 왕이 될 것이니라.」
하고 일러주었다.

제5부 | 龍宮赴宴錄(용궁부연록)

제5부

龍宮赴宴錄
용 궁 부 연 록

용궁 잔치에 갔다 온 이야기

松都에 有,天磨山하니 其山이 高插而秀라. 故로
송 도 유 천 마 산 기 산 고 삽 이 수 고
曰, 天磨山이라 하다. 中有,龍湫하여 名曰,瓢淵이라
왈 천 마 산 중 유 용 추 명 왈 표 연
窄而深이 不知其,幾丈이라 溢而爲瀑하여 可,百餘
착 이 심 부 지 기 기 장 일 이 위 폭 가 백 여
丈이라. 景槪淸麗하여 遊僧過客이 必於此而,觀覽
장 경 개 청 려 유 승 과 객 필 어 차 이 관 람
焉이라. 夙著異靈이 載諸傳記라 國家歲時에는 以,
언 숙 저 이 령 재 제 전 기 국 가 세 시 이
牲牢祀之하다.
생 뢰 사 지

前朝에 有,韓生者하니 少而能文하고 著於朝廷
전 조 유 한 생 자 소 이 능 문 저 어 조 정
하여 以,文士稱之하다. 嘗於所,居室하여 日晩宴坐
이 문 사 칭 지 상 어 소 거 실 일 만 연 좌
하니 忽有靑衫,幞頭郎官,二人이 從空而下하여 俯
홀 유 청 삼 복 두 랑 관 이 인 종 공 이 하 부

伏於.庭曰,「瓢淵.神龍奉邀이니다.」하거늘 生이 愕
복 어 정 왈 표 연 신 용 봉 요 생 악

然.變色曰,「神人路隔이어늘 安能相及고? 且.水府
연 변 색 왈 신 인 노 격 안 능 상 급 차 수 부

汗漫은 波浪相囓하니 安可利往이리요?」二人曰,
한 만 파 랑 상 설 안 가 이 왕 이 인 왈

「有.駿足在門하니 願勿辭也하소서.」하고 遂.鞠躬挽
유 준 족 재 문 원 물 사 야 수 국 궁 만

袂.出門하니 果有驄馬라 金鞍玉勒하고 蓋黃羅帕
몌 출 문 과 유 총 마 금 안 옥 륵 개 황 나 파

라 而.有翼者也라. 從者는 皆.紅巾抹額하고 而.錦
이 유 익 자 야 종 자 개 홍 건 말 액 이 금

袴者.十餘人이 扶生上馬하여 幢蓋前導하고 妓樂
고 자 십 여 인 부 생 상 마 당 개 전 도 기 악

後隨하다 二人은 執笏從之하니 其馬.緣空而飛라
후 수 이 인 집 홀 종 지 기 마 연 공 이 비

但見足下.煙雲冉惹하고 不見.地之在下也러라.
단 견 족 하 연 운 염 야 불 견 지 지 재 하 야

頃刻間에 已至於.宮門之外하여 下馬而立하니
경 각 간 이 지 어 궁 문 지 외 하 마 이 립

守門者는 皆著.彭蜞鰲鱉之甲이 矛戟森然하고 眼
수 문 자 개 저 팽 기 오 별 지 갑 모 극 삼 연 안

眶可寸許러라. 見生하고 皆.低頭交拜하고 鋪牀請
광 가 촌 허 견 생 개 저 두 교 배 포 상 청

憩하니 似有預待하다가 二人.趨入報之라 俄而青
게 사 유 예 대 이 인 추 입 보 지 아 이 청

童二人이 拱手引入이라 生이 舒步而進하며 仰視
동 이 인 공 수 인 입 생 서 보 이 진 앙 시

宮門하니 榜曰,〈含仁之門〉이라 하다 生이 纔入門
궁 문 방 왈 함 인 지 문 생 재 입 문

하니 神王이 戴切雲冠하고 佩劍秉簡而下하여 延
신왕 대절운관 패검병간이하 연
之上階하여 升殿請坐하니 卽,水晶宮,白玉牀也니
지상계 승전청좌 즉수정궁백옥상야
라 生이 屈伏固辭曰,「下土愚人이 甘與,草木同腐
생 굴복고사왈 하토우인 감여초목동부
어늘 安得干冒神威하여 濫承寵接이리요?」 神王曰,
안득간모신위 남승총접 신왕왈
「久望令聞으로 仰屈尊儀하니 幸毋見訝호라.」 遂,
구망영문 앙굴존의 행무견아 수
揮手揖坐하니 生이 三讓而登하다 神王南向하여
휘수읍좌 생 삼양이등 신왕남향
踞,七寶華牀하니 生은 西向而坐하다.
거칠보화상 생 서향이좌

坐未定에 閽者傳言曰,「賓至라.」하니 王이 又,出
좌미정 혼자전언왈 빈지 왕 우출
門迎接하다. 見有三人이 著紅袍하고 承綵輦하여
문영접 견유삼인 저홍포 승채연
威儀侍終하니 儼若王者라. 王이 又延之殿上이라.
위의시종 엄약왕자 왕 우연지전상
生은 隱於牖下하여 欲俟其定而請謁하니 王은 勸
생 은어유하 욕사기정이청알 왕 권
三人하여 東向하니 揖坐而告曰,「適有文士,在陽
삼인 동향 읍좌이고왈 적유문사재양
界하여 奉邀하니 諸君,勿相疑也하라.」하고 命,左右
계 봉요 제군물상의야 명좌우
引入이라 生이 趨進禮拜하니 諸人皆首,答拜하다.
인입 생 추진예배 제인개수답배
生이 讓坐曰,「尊神은 貴重하니, 僕은 乃,一介寒儒
생 양좌왈 존신 귀중 복 내일개한유

로 敢當高座리요?」하고 固辭하다 諸人曰,「陰陽路
감당고좌 고사 제인왈 음양노

殊하여 不相統攝이라 而,神王威重하여 鑑人惟明
수 불상통섭 이신왕위중 감인유명

하니 子는 必,人間文章鉅公이라 神王是命을 請勿
자 필인간문장거공 신왕시명 청물

拒也하소서.」하니 神王曰,「坐하오.」하니 三人이 一
거야 신왕왈 좌 삼인 일

時就坐하다. 生은 乃,跼蹐而登하여 跪於席邊하다
시취좌 생 내국척이등 궤어석변

神王曰,「安坐하오.」하니 座定하고 行茶一巡하다.
신왕왈 안좌 좌정 행차일순

神王이 告曰,「寡人은 止有一女라 已加冠笄하여
신왕 고왈 과인 지유일녀 이가관계

將欲適人이러니 而,弊居僻陋하여 無,迎待之館하
장욕적인 이폐거벽루 무영대지관

여 花燭之房이라 今欲,別構一閣하니 命名,佳會라
화촉지방 금욕별구일각 명명가회

하고 工匠已集하며 木石咸具라 而,所乏者는 上梁
공장이집 목석함구 이소핍자 상량

文耳라 側聞秀才는 名著三韓하고 才冠百家라 故
문이 측문수재 명저삼한 재관백가 고

로 特,遠招니 幸爲寡人製之라.」하고 言未旣에 有,
특원초 행위과인제지 언미기 유

二丫童이 一捧,碧玉之硯과 湘竹之管과 一捧氷
이아동 일봉벽옥지연 상죽지관 일봉빙

綃一丈하여 跪進於前하니 生이 俛伏而起하여 染
초일장 궤진어전 생 면복이기 염

翰立成하니 雲煙相糾니라.
한입성 운연상규

其詞에 曰,「切以堪輿之內는 龍神最靈하고 人
기사 왈 절이감여지내 용신최령 인

物之間에는 配匹至重이라 旣有,潤物之功하니 可
물지간 배필지중 기유윤물지공 가

無,衍福之基리요 是以로 關雎好逑하니 所以著,萬
무연복지기 시이 관저호구 소이저만

化之始라 飛龍利見하니 亦以象靈,變之迹이로다.
화지시 비룡이견 역이상령변지적

是로서 用,新構阿房하고 昭揭盛號하여 集蜃,鼉而
시 용신구아방 소게성호 집신타이

作力하고 聚,寶貝以爲材하고 竪,水晶珊瑚之柱하
작력 취보패이위재 수수정산호지주

고 掛,龍骨琅玗之梁하여 珠簾捲이면 而,山靄蒨葱
괘용골낭우지량 주렴권 이산애천총

이라 玉戶開而,洞雲繚繞라. 宜室宜家면 享,胡福
옥호개이동운요요 의실의가 향호복

於萬年이리요 鼓瑟鼓琴하고 毓,金枝於億世라. 用
어만년 고슬고금 육금지어억세 용

資風雲之變하고 永補造化之功하며 在天在淵이나
자풍운지변 영보조화지공 재천재연

蘇,下民之渴望을 或潛或躍이나 祐,上帝之仁心하
소하민지갈망 혹잠혹약 우상제지인심

며 騰翥,快於乾坤이면 威德,洽于遐邇라. 玄龜赤
등저쾌어건곤 위덕흡우하이 현구적

鯉는 踊躍而助唱하고 木怪山魈가 次第而來賀하
리 용약이조창 목괴산소 차제이내하

니 宜作短歌하여 用揭雕梁이로다.
의작단가 용게조량

拋梁東하니 紫翠岧嶢,撑碧空하고 一夜雷聲,
포 량 동 자 취 초 요 탱 벽 공 일 야 뢰 성

喧繞澗하니 蒼崖萬仞,珠玲瓏이로다.
훤 요 간 창 애 만 인 주 영 롱

拋梁西하니 征轉巖廻,山鳥啼하고 湛湛深湫,
포 량 서 정 전 암 회 산 조 제 담 담 심 추

知幾丈고? 一泓春水,似玻瓈이라.
지 기 장 일 홍 춘 수 사 파 려

拋梁南하니 十里松杉,橫翠嵐하고 誰識神宮,
포 량 남 십 리 송 삼 횡 취 람 수 식 신 궁

宏且壯을 碧琉璃底,影相涵이라.
굉 차 장 벽 유 리 저 영 상 함

拋梁北하니 曉日初升,潭鏡碧하고 素練橫空,
포 량 북 효 일 초 승 담 경 벽 소 련 횡 공

三百丈하니 飜疑天上,銀河落이라.
삼 백 장 번 의 천 상 은 하 락

拋梁上하니 手捫白虹,遊莽蒼하고 渤海扶桑,
포 량 상 수 문 백 홍 유 망 창 발 해 부 상

千萬里요 顧視人寰,如一掌이라.
천 만 리 고 시 인 환 여 일 장

拋梁下하니 可惜春疇,飛野馬하니 願將一滴,
포 량 하 가 석 춘 주 비 야 마 원 장 일 적

靈源水하여 四海便作,甘雨灑라.
령 원 수 사 해 변 작 감 우 쇄

伏願,營室之後하여 合巹之晨에 萬福咸臻하고
복 원 영 실 지 후 합 근 지 신 만 복 함 진

千祥畢至하니 瑤宮玉殿에 挾卿雲之靉靉하여
천 상 필 지 요 궁 옥 전 협 경 운 지 애 애

鳳枕鴦衾이 聳歡聲之騰沸하니 不顯其德이 以
봉 침 앙 금 용 환 성 지 등 비 불 현 기 덕 이

赫厥靈하노라.」
혁 궐 령

書畢進呈하니 神王이 大喜하여 乃命,三神傳閱
서 필 진 정 신 왕 대 희 내 명 삼 신 전 열
하여 三神皆,唶唶歎賞이라 於是에 神王이 開潤筆
삼 신 개 차 차 탄 상 어 시 신 왕 개 윤 필
宴하니 生이 跪曰,「尊神畢集하니 不敢問諱니다.」
연 생 궤 왈 존 신 필 집 불 감 문 휘
하니

神王曰,「秀才陽人으로 固,不知矣라 一祖江神
신 왕 왈 수 재 양 인 고 부 지 의 일 조 강 신
이요 二洛河神이요 三碧瀾神也이니 余欲與,秀才
이 락 하 신 삼 벽 난 신 야 여 욕 여 수 재
光伴이요 故相邀爾라.」
광 반 고 상 요 이

酒盡樂作하니 有,蛾眉十餘輩가 搖翠袖하고 戴,
주 진 낙 작 유 아 미 십 여 배 요 취 수 대
瓊花하여 相進相退하며 舞而歌,碧潭之曲하니 曰,
경 화 상 진 상 퇴 무 이 가 벽 담 지 곡 왈

青山兮여 蒼蒼하고 碧潭兮여 汪汪이로다.
청 산 혜 창 창 벽 담 혜 왕 왕

飛澗兮여 泱泱이요 接天上之銀潢이로다.
비 간 혜 앙 앙 접 천 상 지 은 황

若有人兮여 波中央하고 振環佩兮여 琳琅이로다.
약 유 인 혜 파 중 앙 진 환 패 혜 임 랑

威炎赫兮여 煌煌하고 羌氣宇兮여 軒昂이로다.
위 염 혁 혜 황 황 강 기 우 혜 헌 앙

擇吉日兮여 辰良이라 占鳳鳴之鏘鏘이라.
택 길 일 혜 신 량 점 봉 명 지 장 장

有翼兮여 華堂하고 有祥兮여 靈長이로다.
유 익 혜 화 당 유 상 혜 영 장

招文士兮여 製短章하고 歌盛化兮여 擧脩梁이라.
초 문 사 혜 제 단 장 가 성 화 혜 거 수 량

酌桂酒兮여 飛羽觴하고 輕燕回兮여 踏春陽이라.
작 계 주 혜 비 우 상 경 연 회 혜 답 춘 양

獸口噴兮여 瑞香하고 豕服沸兮여 瓊漿이로다.
수 구 분 혜 서 향 시 복 비 혜 경 장

擊魚鼓兮여 郎當하고 吹龍笛兮여 趨蹌이로다.
격 어 고 혜 낭 당 취 룡 적 혜 추 창

神儼然而在牀하고 仰至德兮여 不可忘이라.
신 엄 연 이 재 상 앙 지 덕 혜 불 가 망

舞竟에 復有總角十餘輩하고 左執籥하고 右執翿하고 相旋相顧하며 而歌回風之曲曰,
무 경 부 유 총 각 십 여 배 좌 집 약 우 집 도 상 선 상 고 이 가 회 풍 지 곡 왈

若有人兮여 山之阿하고 披薜荔兮여 帶女蘿로다.
약유인혜 산지아 피설여혜 대여라

日將暮兮여 淸波하고 生細紋兮여 如羅로다.
일장모혜 청파 생세문혜 여라

風飄飄兮여 鬢鬖이로다 雲冉冉兮여 衣婆娑로다.
풍표표 빈삼 운염염혜 의파사

周旋兮여 委蛇하고 巧笑兮여 相過로다.
주선혜 위사 교소혜 상과

損余褋兮여 鳴渦요 解余環兮여 寒沙로다.
손여접혜 명와 해여환혜 한사

露浥兮여 庭莎하고 煙暝兮여 嶔峨로다.
노읍혜 정사 연명혜 금아

望遠峰之,嵾嵯하고 若江上之,靑螺로다.
망원봉지 참차 약강상지 청라

疏擊兮여 銅羅하고 醉舞兮여 傞傞로다.
소격혜 동라 취무혜 사사

有酒兮여 如泥하니 有肉兮여 如坡로다.
유주혜 여니 유육혜 여파

賓旣醉兮여 顔酡하고 製新曲兮여 酣歌로다.
빈기취혜 안타 제신곡혜 감가

或相扶兮여 相拖하고 或相拍兮여 相呵로다.
혹상부혜 상타 혹상박혜 상가

擊玉壺兮여 飮無何오? 淸興闌兮여 哀情多로다.
격옥호혜 음무하 청흥난혜 애정다

舞竟에 神王이 喜抃하여 洗爵捧觥하고 致於生
무경 신왕 희변 세작봉굉 치어생
前하여 自吹,玉龍之笛하고 歌,水龍吟一闋하여 以
전 자취옥룡지적 가수룡음일결 이
盡,歡娛之情하니 其詞曰,
진환오지정 기사왈

管絃聲裏傳觴하니 瑞麟口噴青龍腦로다.
관현성리전상 서린구분청룡뇌

橫吹片玉一聲에 天上碧雲如掃로다.
횡취편옥일성 천상벽운여소

響激波濤하고 曲飜風月하니 景閑人老로다.
향격파도 곡번풍월 경한인로

悵光陰似箭하니 風流若夢이라 歡娛又生煩惱
창광음사전 풍류약몽 환오우생번뇌
로다.

西嶺綵嵐初散에 喜東峰氷盤凝灝라.
서령채람초산 희동봉빙반응호

擧杯爲問하니 青天明月이 幾看醜好나?
거배위문 청천명월 기간추호

酒滿金罍하니 人頹玉峀여 誰人推倒나?
주만금뢰 인퇴옥수 수인추도

爲,佳賓하니 脫盡十載,雲泥臺鬱하라 快登蒼
위가빈 탈진십재운니대울 쾌등창
昊로세.
호

歌竟에 顧謂左右曰,「此間伎戲는 不類人間하니
가경 고위좌우왈 차간기희 불류인간
爾等爲,嘉賓呈之하라.」하다. 有,一人하여 自稱,郭
이등위가빈정지 유일인 자칭곽
介士라 하며 擧足橫行이라 進而告曰,「僕은 巖中
개사 거족횡행 진이고왈 복 암중
隱士로 沙穴幽人이라 八月風淸이면 輸芒東海之
은사 사혈유인 팔월풍청 수망동해지
濱하고 九天雲散이면 含光,南井之傍에 中黃外圓
빈 구천운산 함광남정지방 중황외원
이라 被堅執銳하고 常支解以入鼎이라 縱摩頂而
피견집예 상지해이입정 종마정이
利人이라도 滋味風流로 可解壯士之顔이라 形摸
이인 자미풍류 가해장사지안 형모
郭索하여 終貽婦人之笑니라. 趙倫雖惡於水中이
곽색 종이부인지소 조륜수오어수중
나 錢昆常思於外郡하고 死入,畢吏部之手하고 神
전곤상사어외군 사입필리부지수 신
依,韓晉公之筆에 且,逢場而作戲하니 宜,弄脚以
의한진공지필 차봉장이작희 의농각이
周旋하리요.」하다. 卽於席前에 負甲執戈하고 噴沫
주선 즉어석전 부갑집과 분말
瞪視하며 回瞳搖肢하고 蹣跚趨蹌으로 進前退後하
징시 회동요지 반산추창 진전퇴후
며 作,八風之舞하니 其類數十이 折旋俯伏하니 一
작팔풍지무 기류수십 절선부복 일
時中節이라 乃作歌하니 曰,
시중절 내작가 왈

依江海以穴處兮여 吐氣宇與虎爭이로다.
의 강 해 이 혈 처 혜 토 기 우 여 호 쟁

身九尺而入貢하며 類十種而多名이라.
신 구 척 이 입 공 유 십 종 이 다 명

喜,神王之嘉會하여 羌頓足而橫行이로다.
희 신 왕 지 가 회 강 돈 족 이 횡 행

愛淵潛以獨處하고 驚江浦之燈光이라.
애 연 잠 이 독 처 경 강 포 지 등 광

匪,酬恩而泣珠하고 非,報仇而橫槍이라.
비 수 은 이 읍 주 비 보 구 이 횡 창

嗟濠梁之巨族이여 笑我謂我無腸이라.
차 호 량 지 거 족 소 아 위 아 무 장

然可比於君子하고 德充腹而內黃이라.
연 가 비 어 군 자 덕 충 복 이 내 황

美在中而暢四肢兮여 螯流玉而凝香이라.
미 재 중 이 창 사 지 혜 오 류 옥 이 응 향

羌,今夕兮여 何夕고? 赴,瑤池之霞觴이라.
강 금 석 혜 하 석 부 요 지 지 하 상

神矯首而載歌하고 賓既醉而彷徨이라.
신 교 수 이 재 가 빈 기 취 이 방 황

黃金殿兮여 白玉牀이요 傳巨觥兮여 絲篁이로다.
황 금 전 혜 백 옥 상 전 거 굉 혜 사 황

弄,君山三管之奇聲하고 飽,仙府九盌地神漿이라.
농 군 산 삼 관 지 기 성 포 선 부 구 완 지 신 장

山鬼趠兮여 翶翔하고 水族跳兮여 騰驤이라.
산 귀 초 혜 고 상 수 족 도 혜 등 양

山有榛兮여 濕有苓이요 懷美人兮여 不能忘이
산 유 진 혜 습 유 령 회 미 인 혜 불 능 망

로다.

於是에 左旋右折하고 殿後奔前하니 滿座皆輾
어시 좌선우절 전후분전 만좌개전

轉失笑라. 戱畢에 又有一人하여 自稱玄先生이라
전실소 희필 우유일인 자칭현선생

하며 曳尾延頸하고 吐氣凝眸하여 進而告曰, 「僕은
예미연경 토기응모 진이고왈 복

蓍叢隱者하고 蓮葉遊人이라 洛水負文하여 已旌夏
시총은자 연엽유인 낙수부문 이정하

禹之功으로 清江被網하여 曾著元君之策이라 縱
우지공 청강피망 증저원군지책 종

刳腸以利人이라도 恐,脫殼之難堪이라. 山節藻稅
고장이이인 공탈각지난감 산절조세

殼하고 殼爲臧公之珍이라 石腸玄甲하고 胸吐壯
각 각위장공지진 석장현갑 흉토장

士之氣하며 盧敖,踞我於海上하고 毛寶,放我於江
사지기 노오거아어해상 모보방아어강

中하여 生爲嘉世之珍하고 死作靈道之寶라. 宜,張
중 생위가세지진 사작영도지보 의장

口而呵呻하여 聊,以舒千年,藏六之,胸懷라.」 하니
구이가신 료이서천년장육지흉회

卽於席前에 吐氣裊裊如縷하여 長百餘尺이라 吸
즉어석전 토기뇨뇨여루 장백여척 흡

之則無迹이니 或,縮頸藏肢라가 或引頸搖項이러니
지즉무적 혹축경장지 혹인경요항

俄而에 進蹈安徐하여 作,九功之舞하며 獨進獨退
아이 진도안서 작구공지무 독진독퇴

하더니 乃,作歌曰,
내 작 가 왈

依山澤以,介處兮여 愛呼吸而,長生이로다.
의 산 택 이 개 처 혜 애 호 흡 이 장 생

生千歲而,五聚하고 搖十尾而,最靈이라.
생 천 세 이 오 취 요 십 미 이 최 령

寧曳尾於,泥途兮여 不願藏乎,廟堂이로다.
영 예 미 어 이 도 혜 불 원 장 호 묘 당

匪鍊丹而,久視하고 非學道而,靈長이라.
비 련 단 이 구 시 비 학 도 이 영 장

遭聖明於,千載하여 呈瑞應之,昭彰이라.
조 성 명 어 천 재 정 서 응 지 소 창

我爲水族之,長兮여 助,連山與,歸藏이라.
아 위 수 족 지 장 혜 조 연 산 여 귀 장

負文字而,有數兮여 告吉凶而,成策이라.
부 문 자 이 유 수 혜 고 길 흉 이 성 책

然而多智,有所危困하고 多能有所,不及이라.
연 이 다 지 유 소 위 곤 다 능 유 소 불 급

未免剖心而,灼背兮여 侶魚蝦而,屛迹이라.
미 면 부 심 이 작 배 혜 여 어 하 이 병 적

羌伸頸而,擧踵兮여 預高堂之,燕席이라.
강 신 경 이 거 종 혜 예 고 당 지 연 석

賀飛龍之,靈變하고 玩呑龜之,筆力이라.
하 비 용 지 영 변 완 탄 귀 지 필 력

酒旣進而,樂作하고 羌歡娛兮,無極이라.
주 기 진 이 악 작 강 환 오 혜 무 극

擊鼉鼓而吹,鳳簫兮여 舞潛虯於,幽壑이로다.
격 타 고 이 취 봉 소 혜 무 잠 규 어 유 학

集山澤之,魑魅하고 聚,江河之,君長이라.
집 산 택 지 이 매 취 강 하 지 군 장

若溫嶠之,燃犀하고 慚禹鼎之,罔象이라.
약 온 교 지 연 서 참 우 정 지 망 상

相舞蹈於,前庭하고 或謔笑而,撫掌이라.
상 무 도 어 전 정 혹 학 소 이 무 장

日欲落兮여 風生하니 魚龍翔兮여 波滃泱이라.
일 욕 낙 혜 풍 생 어 용 상 혜 파 옹 앙

時不可兮여 驟得이니 心矯厲而,慨慷이로다.
시 불 가 혜 취 득 심 교 여 이 개 강

曲終에 夷猶恍惚하여 跳梁低昂하니 莫辨其狀이
곡 종 이 유 황 홀 도 량 저 앙 막 변 기 상

라 萬座,嗢噱戱畢이라. 於是에 木石魍魎이 山林精
만 좌 올 갹 희 필 어 시 목 석 망 량 산 림 정

怪가 起而各呈所能하니 或嘯或歌하고 或舞或吹
괴 기 이 각 정 소 능 혹 소 혹 가 혹 무 혹 취

하며 或抃或踊하여 異狀同音이라 乃,作歌曰,
혹 변 혹 용 이 상 동 음 내 작 가 왈

神龍在淵하니 或躍于天이라.
신 용 재 연 혹 약 우 천

於千萬年에 厥祚延綿이라.
어 천 만 년 궐 조 연 면

卑禮招賢하니 儼若神仙이라.
비 례 초 현 엄 약 신 선

玩彼新篇하니 珠玉相聯이라.
완 피 신 편 주 옥 상 련

琬琰以鐫하여 千載永傳하리라.
완 염 이 전 천 재 영 전

君子言旋하니 開此瓊筵이라.
군 자 언 선 개 차 경 연

歌以採蓮하고 妙舞蹮翩이라.
가 이 채 련 묘 무 선 편

伐鼓淵淵하니 和彼繁絃이라.
벌 고 연 연 화 피 번 현

一棹航船이 鯨吸百川이라.
일 도 항 선 경 흡 백 천

揖讓周旋하니 樂且無愆이로다.
읍 양 주 선 낙 차 무 건

歌竟하니 於是에 江河君長이 跪而陳詩하니
가 경 어 시 강 하 군 장 궤 이 진 시

其,第一座에 曰,
기 제 일 좌 왈

碧海朝宗,勢未休하고 奔波汩汩,負輕舟라.
벽 해 조 종 세 미 휴 분 파 골 골 부 경 주

雲初散後,月沈浦하고 潮欲起時,風滿洲라.
운 초 산 후 월 침 포 조 욕 기 시 풍 만 주

日煖龜魚,閑出沒하고 波明鳧鴨,任沈浮라.
일 난 구 어 한 출 몰 파 명 부 압 임 침 부

年年觸石,多嗚咽하니 此夕歡娛,蕩百憂로다.
년 년 촉 석 다 명 인 차 석 환 오 탕 백 우

第二座曰,
제 이 좌 왈

五花樹影,蔭重茵하고 籩豆笙簧,次第陳이라.
오 화 수 영 음 중 인 변 두 생 황 차 제 진

雲母帳中,歌宛轉하고 水晶簾裏,舞逡巡이라.
운 모 장 중 가 완 전 수 정 염 리 무 준 순

神龍豈是,池中物고? 文士由來,席上珍이라.
신 룡 기 시 지 중 물 문 사 유 래 석 상 진

安得長繩,繫白日하여 留連泥醉,艷陽春을-.
안 득 장 승 계 백 일 유 연 이 취 염 양 춘

第三座曰,
제 삼 좌 왈

神王酩酊,倚金牀하고 山靄霏霏,夕已陽이라.
신 왕 명 정 의 금 상 산 애 비 비 석 이 양

妙舞傞傞,廻錦袖하고 清歌細細,遶彫梁이라.
묘 무 사 사 회 금 수 청 가 세 세 요 조 량

幾年孤憤,飜銀島하며 今日同歡,擧玉觴이라.
기 년 고 분 번 은 도 금 일 동 환 거 옥 상

流盡光陰,人不識하니 古今世事,太忽忙이라.
유 진 광 음 인 불 식 고 금 세 사 태 홀 망

題畢進呈하니 神王笑閱하여 使人授生하다. 生이
제 필 진 정 신 왕 소 열 사 인 수 생 생

受之跪讀하니 三復賞玩하고 卽於座前하여 題,
수 지 궤 독 삼 부 상 완 즉 어 좌 전 제

二十韻하여 以陳盛事하다. 詞에 曰,
이십운 이진성사 사 왈

天磨高出漢하고 巖溜遠飛空이라.
천마고출한 암유원비공

直下穿林壑하니 奔流作巨淙이라.
직하천림학 분류작거종

波心涵月窟하고 潭底閟龍宮이라.
파심함월굴 담저민용궁

變化留神迹하고 騰拏建大功이라.
변화유신적 등나건대공

氤氳生細霧하고 駘蕩起祥風이라.
인온생세무 태탕기상풍

碧落分符重하니 靑丘列爵崇이라.
벽락분부중 청구열작숭

乘雲朝紫極하고 行雨駕靑驄이라.
승운조자극 행우가청총

金闕開佳燕하여 瑤階奏別鴻이라.
금궐개가연 요계주별홍

流霞浮茗椀하고 湛露滴荷紅이라.
유하부명완 담로적하홍

揖讓威儀重하고 周旋禮度豊이라.
읍양위의중 주선예도풍

衣冠文璨爛하고 環佩響玲瓏이라.
의관문찬란 환패향영롱

魚鼈來朝賀하고 江河亦會同이라.
어별내조하 강하역회동

靈機何怳惚고? 玄德更淵沖이라.
영기하황홀 현덕경연충

苑擊催花鼓하고 樽垂吸酒虹이라.
원격최화고 준수흡주홍

天姝吹玉笛하고 王母理絲桐이라.
천주취옥적 왕모리사동

百拜傳醪醴하고 三呼祝華嵩이라.
백배전료례 삼호축화숭

煙沈霜膚果하고 盤映水晶葱이로다.
연침상부과 반영수정총

珍味充喉潤하니 恩波浹骨融이라.
진미충후윤 은파협골융

還如飡沆瀣하고 宛似到瀛蓬이로다.
환여손원해 완사도영봉

歡罷應相別하니 風流一夢中이라.
환파응상별 풍류일몽중

詩進에 滿座,皆歎賞不已라 神王이 謝曰,「當勒
시진 만좌개탄상불이 신왕 사왈 당륵

之金石하여 以爲弊居之寶리라.」生이 拜謝하여 進
지금석 이위폐거지보 생 배사 진

而告曰,「龍宮勝事는 已盡見之矣라 且宮室之廣
이고왈 용궁승사 이진견지의 차궁실지광

과 疆域之壯을 可周覽不이닛까?」하니, 神王曰,「可
강역지장 가주람불 신왕왈 가

니라.」하니 生이 受命하여 出戶盱衡이라 但見綵雲
생 수명 출호우형 단견채운

繚繞하여 不辨東西러라. 神王이 命,吹雲者掃之하
요요 불변동서 신왕 명취운자소지

니 有,一人이 於殿庭에서 蹙口一吹라 天宇晃朗하
유일인 어전정 축구일취 천우황랑

여 無,山石巖崖하고 但見,世界平闊하여 如碁局하
무 산 석 암 애 단 견 세 계 평 활 여 기 국

고 可數十里라 瓊花琪樹가 列植其中하고 布以金
가 수 십 리 경 화 기 수 열 식 기 중 포 이 금

沙에는 繚以金墉하여 其,廊廡庭除에는 皆,鋪碧琉
사 요 이 금 용 기 랑 무 정 제 개 포 벽 유

璃塼으로 光影相涵이러라.
리 전 광 영 상 함

神王이 命二人하여 指揮觀覽이라 行到一樓하니
신 왕 명 이 인 지 휘 관 람 행 도 일 루

名曰,〈朝元之樓〉라 純是玻瓈所成이라 飾以珠玉
명 왈 조 원 지 루 순 시 파 려 소 성 식 이 주 옥

하고 錯以金碧하여 登之若凌虛焉하다. 其層千級
착 이 금 벽 등 지 약 능 허 언 기 층 천 급

이라 生이 欲盡登하니 使者曰,「神王은 以神力으로
생 욕 진 등 사 자 왈 신 왕 이 신 력

自登이나 僕等은 亦不能,盡覽矣니다.」하니 上級은
자 등 복 등 역 불 능 진 람 의 상 급

與,雲霄幷으로 非塵凡可及이라 生은 登,七層而下
여 운 소 병 비 진 범 가 급 생 등 칠 층 이 하

하다.

又到一閣하니 名曰,〈凌虛之閣〉이라 生이 問曰,
우 도 일 각 명 왈 능 허 지 각 생 문 왈

「此閣何用이요?」하니 曰,「此,神王朝天之時에 整
차 각 하 용 왈 차 신 왕 조 천 지 시 정

其儀杖하고 飾其衣冠之處라.」하다. 生이 請曰,「願
기 의 장 식 기 의 관 지 처 생 청 왈 원

觀儀杖이라.」하니 使者,引至一處라 有,一物하니
관 의 장 사 자 인 지 일 처 유 일 물

如,圓鏡하고 燁燁有光하여 眩目不可諦視러라 生
여 원 경　엽 엽 유 광　현 목 불 가 체 시　생

曰,「此何物也오?」曰,「電母之鏡이라.」하고 又有鼓
왈　차 하 물 야　왈　전 모 지 경　우 유 고

하니 大小相稱이라 生欲擊之하니 使者止之曰,
대 소 상 칭　생 욕 격 지　사 자 지 지 왈

「若,一擊이면 則,百物皆震이요 卽,雷公之鼓也라.」
약 일 격　즉 백 물 개 진　즉 뇌 공 지 고 야

하다. 又有一物하니 如,橐籥이라 生欲搖之하니 使
우 유 일 물　여 탁 약　생 욕 요 지　사

者復止之曰,「若一搖면 則,山石盡崩하고 大木斯
자 부 지 지 왈　약 일 요　즉 산 석 진 붕　대 목 사

拔이니 卽,哨風之橐也니다.」하다. 又有一物하니 如,
발　즉 초 풍 지 탁 야　우 유 일 물　여

拂箒로 而,水甕在邊하다. 生이 欲灑之하니 使者又,
불 추　이 수 옹 재 변　생　욕 쇄 지　사 자 우

止之曰,「若,一灑면 洪水滂沱하여 懷山襄陵이니
지 지 왈　약 일 쇄　홍 수 방 타　회 산 양 능

다.」하니 生曰,「然則,何乃不置嘘雲之器요?」하니
생 왈　연 즉 하 내 불 치 허 운 지 기

曰,「雲則神王이 神力所化요 非機括可做니다.」하
왈　운 즉 신 왕　신 력 소 화　비 기 괄 가 주

다. 生이 又曰,「雷公電母와 風伯雨師는 何在요?」
생　우 왈　뇌 공 전 모　풍 백 우 사　하 재

하니 曰,「天帝囚於幽處하고 使不得遊하여 王이 出
왈　천 제 수 어 유 처　사 부 득 유　왕　출

則,斯集矣니다.」하다. 其餘器具는 不能盡識이러라.
즉 사 집 의　기 여 기 구　불 능 진 식

又有長廊이 連亘數里라 户,牖鎖以,金龍之鑰이
우 유 장 랑　연 긍 수 리　호 유 쇄 이 금 용 지 약

라. 生이 問하니「此何處요?」하니 使者曰,「此는 神
생 문 차 하 처 사 자 왈 차 신
王이 七寶之藏也니다.」周覽許時에 不能遍見이라
왕 칠 보 지 장 야 주 람 허 시 불 능 편 견
生이 曰,「欲還이라.」하니 使者曰,「唯」하고 生이 將
생 왈 욕 환 사 자 왈 유 생 장
還하니 其,門戶重重이라 迷,不知其所之하여 命,使
환 기 문 호 중 중 미 부 지 기 소 지 명 사
者而先導焉하다.
자 이 선 도 언

生이 到,本座하여 致謝於,王曰,「厚蒙恩榮하여
생 도 본 좌 치 사 어 왕 왈 후 몽 은 영
周覽佳境이니다.」하고 再拜而別하다. 於是에 神王
주 람 가 경 재 배 이 별 어 시 신 왕
이 以,珊瑚盤과 盛,明珠二顆와 氷綃二匹을 爲贐
이 산 호 반 성 명 주 이 과 빙 초 이 필 위 신
行之資하고 拜別門外하다 三神,同時拜辭하고 三
행 지 자 배 별 문 외 삼 신 동 시 배 사 삼
神이 乘輦直返하다 復命,二使者하여 持,穿山,篏水
신 승 연 직 반 부 명 이 사 자 지 천 산 감 수
之角하고 揮以送之하다 一人이 謂,生曰,「可登吾
지 각 휘 이 송 지 일 인 위 생 왈 가 등 오
背하여 閉目半餉하노라.」하니 生이 如,其言이라. 一
배 폐 목 반 향 생 여 기 언 일
人이 揮角先導하니 恰似登空이라 唯聞,風水聲이
인 휘 각 선 도 흡 사 등 공 유 문 풍 수 성
移時不絶이라 聲止開目에 但,偃臥居室而已라.
이 시 부 절 성 지 개 목 단 언 와 거 실 이 이

生이 出戶視之하니 大星初稀하며 東方向明하여
생 출 호 시 지 대 성 초 희 동 방 향 명

鷄,三鳴하고 而更五點矣라 急探其懷而,視之하니
계 삼 명 이 경 오 점 의 급 탐 기 회 이 시 지

則,珠綃在焉이라. 生이 藏之巾箱하고 以爲至寶하
즉 주 초 재 언 생 장 지 건 상 이 위 지 보

여 不肯示人하다 其後에 生은 不以,利名爲懷하고
불 긍 시 인 기 후 생 불 이 이 명 위 회

入名山하여 不知所終이러라.
입 명 산 부 지 소 종

| 어려운 낱말 |

[幞頭(복두)]: 머리에 쓰는 두건. [相囓(상설)]: 서로 물다. [驄馬(총마)]: 청총마. [帕(파)]: 머리띠(파). 머리를 동여매다. [鰲鱉(오별)]: 자라. [眼眶(안광)]: 눈자위. [纔(재)]: 겨우(재). [閽者(혼자)]: 문지기. [牖下(유하)]: 바라지창 밑에. [竢(사)]: 기다리다(사). [跼蹐(국척)]: 구부려 살금살금 가다. [跪(궤)]: 꿇어앉을(궤). [冠笄(관계)]: 시집 장가를 가다. 갓과 비녀. [俛伏(면복)]: 구부려 엎드리다. [糺(규)]: 거둘(규), 모으다(규). [蜃鼉(신타)]: 조개와 악어. [蒨蔥(천총)]: 풀과 푸성귀. [繚繞(요료)]: 풀이 서로 감기고 얽히다. [騰翥(등저)]: 날아오르다. [岧嶢(초요)]: 산이 높아 풀이 무성함. [萬仞(만인)]: 매우 길다. [玻瓈(파려)]: 유리구슬. [人寰(인화)]: 인간 세상. [手捫(수문)]: 손으로 어루만지다. [巹(근)]: 술잔(근). [靉靆(애체)]: 구름이 꽉 끼다. [嗟嗟(차차)]: 탄식하는 소리. [汪汪(왕왕)]: 물이 넓게 흘러가는 모양. [泱泱(앙앙)]: 사물이 넓어서 끝없는 모양. [鏘鏘(장장)]: 금옥이 흔들리는 소리. [趨蹌(추창)]: 달려감이 흔들리는 모양. 흔들리며 춤을 추다. [執籥(집약)]: 피리를 잡고 불다. [執翿(집도)]: 일산을 들다. [薛荔(설려)]: 향기 나는 풀의 이름. 붓꽃과 향 부자. [鬢鬖(빈삼)]: 귀밑머리. [冉冉(염

염)]: 앞으로 나아가는 모양. [露浥(노읍)]: 이슬에 흠뻑 젖다. [傞傞(사사)]: 취하여 춤을 추는 모양. [顏酡(안타)]: 술에 취하여 얼굴이 불그레하다. [憙抃(희변)]: 기뻐서 손뼉을 치다. [觥(굉)]: 술잔(굉). [蹣跚(반산)]: 비틀거리다. [瞪(징)]: 바로 볼(징). [鰲(오)]: 조개(오). [翺翔(고상)]: 날아오르다. [騰驤(등양)]: 머리를 쳐들고 올라가다. [裊裊(뇨뇨)]: 하늘하늘하다. 간드러지다. [魑魅(이매)]: 도깨비. [滃泱(옹앙)]: 용솟음치다. 울퉁불퉁 튀어오르다. [魍魎(망량)]: 도깨비. [鐫(전)]: 새길(전). [蹮翩(선편)]: 춤을 추다. 빨리 날다. [霏霏(비비)]: 눈비가 펄펄 날리는 모양. [駘蕩(태탕)]: 흩어버리다. [氤氳(인온)]: 기운이 왕성한 모양. [繞繚(요요)]: 둘러서 감다. [氷綃(빙초)]: 비단. 생견.

제5부

용궁 잔치에 갔다 온 이야기

용궁부연록龍宮赴宴錄

송도(지금 개성)에 천마산이 있으니 그 산이 우뚝 높이 솟고 수려하여 천마산天磨山이라고 이름했다. 그 산속에 용이 산다는 용추龍湫가 있으니 박연〔표연폭포瓢淵瀑布〕이라고 했다. 좁지만 깊이가 있어 몇 길이나 되는지 알 수가 없었다. 폭포가 흘러넘쳐서 그 길이가 백여 발丈이 넘었다. 경치가 좋고 아름다워 유람객이나 스님들이 지나다니거나 과객들이 그 폭포를 보기 위하여 이곳을 찾았다. 여기는 예부터 이상한 신령인 영신靈神이 살고 있다는 전설이 여러 책에 실려 있기 때문에 나라의 세시명절歲時名節에는 희생물을 잡아서 여기에 제사를 올렸다.

고려시대 한생韓生이란 사람이 살고 있었다. 소년 시절부터 문장에 능하고 조정에 알려져서 글 잘하는 선비로 이름이 높았다.

어느 날 그가 거실에서 있었는데, 저녁때가 되어 방에 혼자 있으려니 갑자기 푸른 옷을 입고 복두건幞頭巾(두건의 한 종류)을 쓴 관리 두 사람이 하늘로부터 내려와서 뜨락에 부복하여 이르기를,

「박연폭포에 계시는 신령님의 분부를 받들어 모시러 왔습니다.」하기에,

한생이 깜짝 놀라서 얼굴색이 변하며 말하기를,

「신과 인간이 길이 다르거늘, 어찌 능히 서로 미칠 수 있겠는가?」하니,

그 두 사람이 말하기를,

「준마가 문밖에 기다리고 있으니 사양만 하지 마십시오.」하고, 드디어 몸을 굽혀 그들에게 소매를 잡혀 문밖에 나가니 과연 청총마가 있었는데, 화려한 안장과 말굴레를 하고 노란 비단으로 복대까지 하고 있었다.

그 말에는 날개까지 달려 있었다. 거기에 따른 사람은 모두 이마에 붉은 수건을 두르고 비단 바지를 입은 자가 십 여인이나 되었다. 한생을 붙들어 말 위에 올리고 깃발과 일산이 앞에서 인도하고 기녀와 악대가 뒤따라왔다. 두 사람이 홀笏을 잡고 따르니 그 말은 공중으로 나르듯 올라갔다. 단, 다리 아래에는 안개와 구름만이 자욱하게 일어날 뿐이고 땅은 보이지 않았다.

잠깐 동안 이미 용궁의 문밖에 이르렀다. 한생이 말에서 내려 서있는데 문지기가 모두 방게, 자라, 거북이 등이 갑옷을 입고 창을 들고 삼연森然하게 서있는데, 부릅뜬 눈이 한 치 정도

나 되었다. 한생을 보고 모두 머리를 숙여 절을 하고 자리를 펴 놓고 쉬라고 요청했다. 마치 미리 기다리고 있었던 것 같았다. 푸른 옷을 입은 두 사람이 들어가서 보고를 하자, 조금 있으니 푸른 옷을 입은 동자 두 사람이 손을 잡고 안으로 인도해서 들어갔다. 한생은 천천히 걸으면서 나아가 용궁 문을 쳐다보니 편액이 걸렸는데 〈함인지문含仁之門〉이라 쓰여 있었다.

한생이 겨우 문에 들어가니 신왕이 절운관切雲冠(머리에 쓰는 관의 종류)을 쓰고 칼을 차고 간규簡珪(홀, 구슬의 하나)를 잡고 내려와서 맞이했다. 뻗어있는 계단으로 올라가서 궁전에 앉기를 요청하니, 곧 수정구水晶宮 백옥 자리에 앉았다.

한생이 엎드려 굳이 사례하면서 말하기를,

「저는 하토下土(지상)에 사는 어리석은 백성으로 풀이나 나무처럼 썩어 없어질 몸인데, 어찌 신위를 범하여 외람되이 은총의 대접을 받겠습니까?」 하니,

신왕이 이르기를,

「그대의 명성을 들은 지가 오래이기에 추앙받는 높으신 선비를 한번 뵙고 싶었소. 너무 의아하게 생각하지 마시오.」 하고, 드디어 손을 내밀며 앉으라고 하니, 한생이 세 번이나 사양하다가 자리에 앉았다.

신왕이 남쪽을 향하여 칠보의 화려한 자리에 앉으니, 한생은 서쪽을 향해 앉았다.

아직 채 좌정도 하지 않았는데 문지기가 와서 전하기를,

「손님이 오십니다.」하니, 왕이 또 문을 나가서 영접해왔다.

손님이 세 사람이 왔는데, 홍포를 입고 찬란한 수레를 타고 왔다. 그 위엄 있는 모양과 시종들을 보아 엄숙하기가 왕과 같았다. 신왕이 또 궁전 위로 맞이했다. 한생은 덧창 밑에 숨듯 피하며 그들이 좌정하기를 기다려 알현을 청하기로 했다.

신왕은 그 세 사람을 권하여 동쪽을 향해 앉게 하고 이르기를,

「마침 양계陽界에 있는 선비가 오시어 맞이하여 모셨습니다. 여러분께서는 서로 의아하게 생각하지 마십시오.」하고, 좌우에 명하여 들어오라 했다.

한생이 나아가서 예의를 차려 인사를 하니 그 모든 사람들은 다 머리 숙여 답배를 했다.

한생이 자리를 사양해 앉으며 하는 말이,

「존신尊神들은 귀중하옵고, 저는 이에 한 사람의 가난한 선비로 감히 높은 자리에 앉을 수 있으리오.」하고 끝내 사양했다.

여러 사람들이 말하기를,

「음과 양의 세계가 달라서 서로가 함께할 수가 없지요. 신왕이 위엄이 있어 막중하고 사람을 보는 눈이 밝으니, 그대는 반드시 인간세계의 문장의 으뜸가는 분들이라 신왕의 이 명령을 거절하지 말아주십시오.」하니,

신왕이 말하기를,

「앉으시오.」했다.

삼인은 일시에 자리에 앉았다. 한생이 황공한 듯 몸을 굽혀 올라가서 좌석에서 무릎을 꿇고 앉았다.

신왕이 이르기를,

「편히 앉으시오.」하니, 좌정하여 차가 한 순배 돌았다.

신왕이 말하기를,

「내가 딸이 하나 있을 뿐인데, 이미 결혼할 때가 되어서 장차 남에게 시집보내려 하니, 내가 사는 집이 누추하여 손님을 맞이할 집과 화촉의 방도 없소이다. 지금 별도로 한 채의 누각을 지으려 하니, 그 집 이름을 〈가회각佳會閣〉이라 이름 짓기로 했소. 목수들이 이미 모이고 나무와 돌도 모두 갖추어 놓았소. 그런데 빠진 것이 있으니 그것은 상량문上梁文 뿐이요. 들리는 바에 의하면, 그 선비는 이름이 삼한에 현저하니 글재주가 백가의 으뜸이라. 그래서 특별히 멀리서 초청했으니 과인을 위해서 상량문을 지어주신다면 큰 다행이요.」하고 말이 끝나자,

두 심부름 아이를 벽옥현 벼루와 소상 반죽으로 만든 붓과 빙초 비단 한 발을 받들어와서는 무릎을 꿇고 한생 앞에 나아와서 앉으니, 한생이 머리를 구부려 예를 올리고 비단에다 글씨를 완성하니 마치 구름과 안개가 서로 감기는 듯했다.

그 글에 이르기를,

「간절히 말씀하오니, 천지 안에서 용신龍神이 가장 신령스럽고 인간으로서는 배필이 가장 중요하도다. 임금님께서 이미 만물을 윤택하게 하신 공이 있으니 어찌 복 받을 기틀이 없다 하

리요. 그래서 시경의 〈관관저구關關雎鳩〉, 〈군자호구君子好逑〉라 하였으니 만물의 시작을 나타내고, 주역에는 〈나는 용이 하늘에 있으니 이로움을 본다.〉 했으니, 또한 신령스런 변화의 흔적이 이와 같도다. 이리하여 새롭게 높은 집을 짓고, 그 현판을 밝게 걸고 큰 조개와 자라들을 모아 힘들여 짓고, 보배로운 조개를 재목을 삼아 수정과 산호의 기둥을 하고 용의 뼈와 아름다운 옥으로 들보를 하여 주렴을 걷어올리면 산의 아지랑이 푸르며 옥으로 된 문을 여니 골짜기마다 구름이 둘러있도다. 집과 가정이 화목하여 어찌 만년의 복을 누리지 않으리오. 가정의 금슬이 좋고 금지옥엽의 귀한 자손 억 만세를 이으소서. 풍운과 조화의 변화를 바탕으로 하고 영원히 조화의 공을 도와 하늘에 있을 때나 물에 있을 때나 아래 백성들의 갈망을 살리시고, 물에 잠기거나 혹은 뛰어다니거나 상제上帝(옥황상제)의 어진 마음으로 도우시며 높이 나르시면 건곤이 쾌락하고 멀리 있으나 가까이 있으나 위덕이 원근에 미칠 것이로다. 검은 거북과 붉은 잉어는 춤추며 뛰어 노래 부르고 괴이한 괴목怪木과 산도깨비는 차례로 와서 경하하니, 마땅히 이 짧은 노래를 지어 이 대들보를 거는데 쓰노라.」

「들보를 동쪽으로 바라보니 붉고 푸른 산이 벽공에 솟아있고, 하룻밤 우렛소리가 간수澗水 가에 울리니 푸른 낭떠러지 만길 구슬빛으로 영롱하네.

들보 서쪽을 바라보니 바윗돌 굴러 굴러서 산새 울음 울고
깊고 깊은 용추는 몇 발이나 되는고? 넓은 저 봄물은 옥돌 갈구나.

들보를 남쪽을 바라보니 십 리의 소나무, 삼나무에는 산 아지랑이 푸르고
누가 신궁의 웅장함을 알리요. 푸른 유리 밑에는 그림자에 젖어 있네.

들보를 북쪽을 바라보니 새벽 날빛 솟아올라 맑은 물빛 거울 같고
흰 비단 공중에 펼쳐 삼백 발이니 하늘의 은하수가 아닌가? 의심스럽네.

들보를 위로 바라보니 손으로 흰 무지개 만지는 듯 바다 해 뜨는 곳이 삼천리요
인간 세상 돌아보니 손바닥 갈구려.

들보 아래로 바라다 보니 가련하구나 봄발에 아지랑이 날고,
소원하노니, 한 방울 영혼의 물을 가져다가 온 세상 단비로 뿌려주소서.

엎드려 원하기를, 집을 지은 뒤 혼례 이룬 새벽에 만복이 함께 이르고 일천 가지 상서로움이 다 이르리니, 요옥瑤玉 상서로운 궁

전에 상서로운 구름이 둘려 봉황 원앙금침이 즐거운 소리가 흘러 넘치니 그 나타나지 않는 덕이 신령스레 빛나게 하소서.」

로 되어 있었다.

글을 다 써서 올려드리니 신왕이 크게 기뻐하여 삼신三神께 보라고 이르시니 삼신이 다 즐겁게 감탄하고 칭찬했다. 이에 신왕이 감사의 뜻으로 윤필연潤筆宴(글을 칭찬하기 위한 잔치)을 열었다.

한생이 무릎을 꿇고 하는 말이,

「높으신 신께서 모두 모였으니 감히 존함을 묻지 않았습니다.」하니,

신왕이 말하기를,

「선비께서는 양陽의 사람이라 음의 세계를 잘 모르시오. 첫째는 강신江神이요, 둘째는 하신河神이요, 세 번째는 벽란碧瀾신이니, 내가 선비와 함께 빛나는 동반자가 되게 함이요. 그래서 여기 모신 것이요.」

술과 음악이 나오니 미인 십여 명이 푸른 소매를 흔들며 옥의 꽃을 머리에 쓰고 서로 왔다 갔다 하면서 춤을 추며 벽담지곡碧潭之曲(곡명)을 부르니 그 노래에 이르기를,

청산이여! 창창하고 벽담이여! 흘러 흘러서 가도다.

폭포여! 깊고 넓어서 하늘의 은하수에 닿도다.

그대 같은 사람이여! 파도 가운데 있고

몸에 찬 고리가 떨림이여! 옥소리로다.

위세가 혁혁하게 빛남이여! 휘황찬란하도다.

길일을 택함이여! 좋은 날이로다. 봉황의 울음이여! 금옥같이 장장하도다.

날개가 있음이여! 집이 빛이 나고, 상서롭고 영묘靈妙함이 오래 가도다.

문사를 초대함이여! 단문을 짓게 하고, 노랫소리 드높으니 들보를 올리도다.

계수나무 술잔이여! 우상羽觴 잔 높이 들고, 제비들 돌아옴이여 봄볕이 밝도다.

짐승 모양 향로에서는 상서로운 향기 내뿜고,

솥에서 끓어오름이여! 경장瓊漿(좋은 음식)이로다.

어고魚鼓를 두드림이여! 둥둥거리고, 용적龍笛을 불어 빨리도 걷도다.

신神들은 엄연하게 자리에 앉아 있고, 덕을 우러러 봄이여! 잊을 수가 없도다.

춤을 다 추고 나서 다시 총각 십여 명이 왼손에 피리를 잡고 오른손에 일산을 잡고 돌면서 서로 얼굴을 바라보며 회풍곡回風曲(곡조의 이름)을 노래했다.

그 곡조에 이르기를,

그 사람이여! 산언덕에 있고 벽려薜荔(옷 이름)를 입고

여라女蘿(나무 이름)로 띠를 했네.

날이 저물어감이여! 맑은 물결 일고, 가는 무늬는 비단 같도다.

바람이 불어옴이여! 귀밑머리 엉클어지고, 구름은 부드러움이여! 옷자락 같구나.

둥글게 돌아감이여! 꼬불꼬불 뱀과 같고, 방긋 웃음이여! 서로들 스치며 가네.

내 웃옷을 벗으니 물은 울고 내 가락지 풀어내니 차가운 모래발에 있도다.

이슬 발이여! 뜰의 이슬에 젖고, 안개 자욱함이여! 거긴 산이로다.

높고 낮은 산을 멀리 바라보니 그건 마치 강물 위에 푸른 소라껍질 같구나.

드문드문 치는 동라銅羅(징소리)에 취하여 춤을 추노라

술이 있음이여! 이강泥江(황하의 한 지류로서의 강)처럼 맑고

고기는 언덕같이 많이 쌓였네.

손님들이 취함이여! 얼굴이 붉고, 신곡을 만들어 흥겹고 즐기네.

어떤 이는 부축하고, 혹은 어떤 이는 손뼉 치고 서로 웃네.

술병을 두드리며 얼마나 술을 마시나 맑은 흥취는 슬픈 정이 많아지네.

춤을 다 마치고 신왕이 기뻐 손뼉 치고 기뻐하여 술잔 씻어 물소 뿔 큰 잔 들고 한생 앞에 다가와서 권하며 스스로 옥룡玉龍 피리 한번 불고 수룡음水龍吟을 노래하고 끝이 나니 환락의 정을 다하지 못하여 노래 한 곡 지으니 그 노래에 이르되,

「관악 소리 속에 술잔을 전하니 상서로운 기린 입으로 푸른 용뇌향龍腦香(인도의 고급 향) 피어오르네,

비스듬히 부는 옥적성玉笛聲(옥피리 소리)에 하늘 위의 푸른 구름 걷어가고

그 소리 파도에 물결치고 한 곡조 바람에 날리니

경지는 고요한데 사람은 늙어가네.

세월이 화살같이 빠름을 슬퍼하고, 풍류는 꿈만 같아서 즐거운 환락도 번뇌를 낳는구나.

서쪽 산마루에 채색彩色산 노을 흩어지니 기쁘구나! 동쪽 봉우리에 쟁반 같은 달이 떠오르네.

잔을 들고 그대에게 묻노니 푸른 하늘 밝은 달아,

너는 몇 번이나 추醜하고 좋은 것을 보았냐?

금단지에 술이 가득하니 무너진 산머리에서 누가 너를 넘어뜨렸나?

좋은 손님 위하여 십 년의 근심 걱정을 벗어버려라

유쾌하게 저 푸른 하늘, 산에나 올라보세.」

노래를 마치고 좌우를 돌아보며 하는 말이,

「그 사이의 놀이는 인간 세상의 노래와 같지 않으니, 그대들은 귀한 손님을 위하여 놀이와 재주를 드러낼지어다.」
하고는, 한 사람이 있어 자칭하여 곽개사郭介士(게의 다른 이름이라 함) 발을 들어 횡행橫行을 하고 있었다.

그리고는 아뢰기를,

「제가 바위 속에 숨은 선비요, 모래 속에 조용히 숨어사는 선비입니다. 팔월에 청풍이 불면 동해 바닷가에 가서 까끄라기를 가져오고, 구천 하늘에 구름 흩어지면 남정南井(별 이름) 별 곁에 가서 별빛을 머금고, 그 거해巨蟹(큰 게를 상징하는 별) 별은 몸은 누렇고 밖은 둥글지요. 견고한 껍데기를 입고 날카로운 무기를 가지고 항상 몸이 찢겨져서 솥 속에 들어갑니다. 정수리를 찢어 사람에게는 이롭지만 그 맛이 아주 좋아서 장사들의 이 맛살을 풀어주지요. 모양은 땅을 더듬어 옆으로 가지만 끝내 부녀자들의 웃음거리가 되지요. 조왕륜趙王倫(사람 이름. '조륜'이라 함)은 '게' 장군과 사이가 나빠 물속의 '게'와 음이 같다고 해서 미워했다. 전곤錢昆(인명)은 항상 외군에서 저를 생각하여 무척 좋아했습니다. 이부吏部는 필탁畢卓(인명)의 손에 들어가서 죽고, 한진공韓晉公(한욱, 당나라 때의 사람)의 붓 그림에 저 몸을 의탁했습니다. 또 곽개사를 장차 놀이마당에서 만나 마땅히 놀이를 해보겠습니다.」라고 했다.

곧 좌석 앞에서 갑옷을 입고 창을 들고 거품을 내뿜으며 눈을 부릅뜨고는 눈알을 돌리고 사지를 흔들며 종종걸음으로 나왔다. 앞으로 나왔다가 뒤로 물러갔다가 하면서 팔풍무八風舞(당나라 때의 춤의 한 형식)를 추니, 그 무리 십여 명이 고개를 숙이고 엎드려 꼭 같이 맞추어 춤을 추다가 이에 노래를 불렀다.

그 노래에 하되,

「강과 바다의 구멍에 살아있음이여! 기를 토한 범과 더불어 겨누도다.

몸은 9척이라 임금께 받치오며, 종류는 10가지라 이름도 많도다.

기쁘구나! 오늘 신왕의 잔치에 만나서 발을 굴리며 횡행하였다네.

물에 잠겨 홀로 삶을 사랑하고 강의 포구에서 등불 빛에 놀랐네.

은혜 갚음도 아닌데 어찌 구슬 같은 눈물을 흘리고

원수를 갚는 것도 아닌데 창을 빗기 들었네.

아! 성터 구석에 사는 명문거족이여! 우리가 창자 없다고 웃지를 말라.

가히 군자와 견줄만하고 덕이 충만하여 배가 누렇다네.

아름다운 속살은 사지 안에 있음이여! 집게발은 옥이 흘러 향기가 맺혔네.

아, 오늘 밤이여! 어떤 밤인가? 요지에 노을, 잔 돌리는 잔치에 왔다네.

신왕은 머리를 들어 노래하시고 손님들은 이미 취하여 방황하고 있다네.

황금의 궁전이여! 백옥의 평상이요, 큰 물소 술잔을 전함이여! 생황의 풍악 울리네.

군산君山(동정호의 湘山)에서 연주하던 삼관 악기의 기이한 소리요.

신선들이 마시던 아홉 사발의 술과 신장神漿(신이 마시는 술)을 배불리 마셨네.

산도깨비 멀리 날아 노래하고 물속의 고기들은 물 위에 뛰어 춤추네.

산에는 개암이 있고 습지에는 종다래끼가 있고, 임금을 그리워함이여! 능히 잊지 못하도다.」

이에 왼편으로 돌다가 오른쪽으로 꺾어 돌고 뒤로 물러갔다가 앞으로 돌기도 하니, 가득 차게 앉았던 사람들이 구르면서 실소失笑를 한다. 놀기를 다함에 또 한 사람이 있어 자칭하여 현玄선생이라 하며 꼬리를 끌며 목을 뻗쳐 기를 토하며 눈을 부릅뜬다.

나아와서 고하기를,

「나는 저초著草(점을 치는 풀)에 숨어 살고 연꽃잎에 노는 사람입니다. 낙수洛水에서 등에 글을 지고 나와서 이미 하夏,우禹의 임금님 공으로 맑은 강 그물에 잡혀서는 원군元君(송원군을 말함)의 점괘를 알렸지요. 마침 창자를 갈라 사람을 이롭게 해도 아마 껍질을 벗기는 것은 감당하기 어렵지요. 옛날 노나라에서는 장공이 산 형상을 조각하고 그것을 장공이 진귀한 보배로 삼았지요.

돌 같은 배와 검은 갑옷을 하고 가슴으로 장사의 기개를 토하며 노오盧敖(인명)는 바다 위에서 나의 등에 걸터앉고 모보毛寶(진나라 때 인명)는 나를 강 위에 놓아두어서 살아서는 칭찬받는 보배가 되고 죽어서는 신령스런 점치는 보배가 되었소. 그래서 마땅히 입을 열어 신음도 하였으며 그런 천 년 동안의 거북의 조그만 가슴속을 풀었지요.」 하니,

곧 자리 앞에서 요요한 기를 토하니, 실과 같은 길이가 백 척이 넘었으니 들어 마시니 흔적도 없어졌다. 혹은 목을 줄여 넣었다가 혹은 뻗어 길게도 하다가는 나아가서 편안하고 서서히 하여 구공무九功舞를 춤추며 홀로 나왔다가 홀로 물러났다가 하더니 노래를 불렀다.

그 '거북'이 노래를 부르는데,

「산과 못을 의지하여 절개 하나로 삶이여! 숨만 쉬면서 오래 살았네.

천년을 살아서 다섯 색을 모으고, 꼬리 10개를 흔드니 가장 신령하네.

차라리 진흙 속에 고리를 끌지라도 묘당에 소장함을 원하지 않네.

단을 단련하여 먹지 않아도 오래 살고 도를 배우지 않아도 매우 신령스럽네.

천 년 동안 성스럽고 명철하여 밝은 상서祥瑞를 울렸네.

나는 수족水族의 우두머리로 연산連山과 귀장歸藏 둘을 도왔네.

문자와 숫자를 등에 지고 길흉을 알려 점치는 것을 알려주었네.

위험하고 곤란하나 지혜는 많아 미치지 못하는 바가 많았네.

심장을 가르고 등을 벗김이여! 고기와 새우를 벗하여 자취를 감추었네.

머리를 뻗치고 뒤꿈치를 들고 부잣집 잔치에 참석하여

날아가는 용왕님의 변화를 축하하고 상량문 글씨의 필력도 감상했네.

술을 돌리자 풍악이 울려나오고 즐거운 오락이 끝이 없어라.

자라 껍질 북과 봉소鳳簫를 부니 깊이 숨었던 규룡虯龍도 춤을 추네.

산택山澤의 도깨비도 모여 춤을 추고 강하江河에 모였던 군장君長도 다 모여드네.

온교溫嶠(진나라 사람 이름)가 서각을 태우는 물의 요괴가 우임금 구정九鼎에 새긴 망상罔象을 보고

부끄러워하던 그 요괴들도 뜰에서 뛰고 춤을 추네. 혹은 웃으며 손뼉도 치네.

해가 지려고 함이여! 바람이 부니 어룡魚龍들이 날고 파도가 용솟음치니

좋은 때가 자주 오지 않음이여! 마음을 굳게 굳게 먹어도 역시 슬프네.」

노래를 마쳐도 아직 미진한 듯 황홀하여 뛰어올랐다. 낮게

숙여 춤추거나 높게 쳐다보며 춤추거나 그 모양도 분별할 수 없을 정도였었다. 그래서 자리에 앉은 모든 사람이 몸을 가누지 못할 정도로 크게 웃었다. 이에 바위나 나무 위에 사는 도깨비와 산림에 숨어사는 정령들이 일어나서 각기 각자 장기를 자랑하니 어떤 것은 휘파람을 불고, 어떤 것은 노래도 하고, 어떤 것은 춤을 추고, 어떤 것은 손뼉을 그 형상은 서로 달랐으나 그 소리는 같았다.

이에 노래를 지어 불렀으니 그 노래에 이르기를,

「신령스런 용이 못에 있으니 혹은 날고 혹은 뛰어올라서
천만 년을 복이 오래 머물게 하소서
어진 이를 초빙하니 엄연한 모양이 신선 같아라.
새로 지은 글 상량문을 보니
주옥같은 글이 구슬을 꿴 듯하구나.
이 글을 옥돌에 새겨 천 년 동안 영원히 전하리라.
군자는 말을 했네, 돌아가겠다고 하니
이 아름다운 잔치 자리를 열었다네.
채련곡採蓮曲(연을 캐는 노래)을 부르고
아름다운 춤을 빙빙 돌면서 추니
둥,둥,둥 북을 쳐서 현악기에 맞추네.
노를 저어 배 떠나가니 고래는 많은 물을 들이마시네.
읍양하며 주선을 하니 즐겁고 또한 허물이 없어라.」

노래를 마치니 이에 강하江河군장이 무릎을 꿇고 시를 올리니 그 시에 이르기를,

제1좌의 시詩

「푸른 바다 흘러 흘러서 그 세력 쉬지 않고
달려가는 그 파도 출렁거려 조각배를 업었네.
구름이 흩어지니 달은 갯가에 잠기고
조수가 일어나니 온 물가 가득하네.
날이 따뜻하니 거북과 고기들 한가히 즐기고
물결이 밝으니 오리는 물결 따라 잠겼다가 올라오네.
해마다 물결은 바윗돌에 닿아 오열嗚咽하니
오늘 밤 즐거움으로 온갖 근심 씻어주네.」

제2좌의 시詩

「다섯 가지 꽃나무 그림자 좋은 그늘 드리우고
변두 놓고 생황을 차례로 진열하네.
운모 장막 안에는 노랫소리 완연하고
수정렴 그 속에는 느리게 춤을 추네.
신룡神龍님 어찌하여 못 안에만 있으실까?
문사文士는 오신 뒤에 좌석이 보배롭네.
어쩌면 긴 새끼줄을 얻어와서 밝은 해를 잡아맬까?

이 양춘陽春에 흠뻑 젖어 취해볼거나.」

제3좌의 시詩

「신왕님 술에 취해 금 자리에 앉으시고
산안개 뭉글뭉글 피어나는 산 노을
벌써 석양夕陽이 가깝구나.
아름다운 춤도 술에 취해 비틀거리고
청아한 노랫소리 가늘게 흘러 한 조각 들보에 감겼구나.
몇 해나 은도銀島(은섬)에 뒤척여 외롭다고 분개하니
오늘은 함께 즐겨 잔 들고 즐겨하세.
흘러가는 세월은 사람을 알지 못하니
고금의 세상일은 너무도 바쁘구나.」

시제詩題가 모두 끝나자 시를 신왕께 올렸다. 신왕이 웃으며 보고 나서 사람을 시켜 한생에게 주었다. 한생이 그것을 받아 꿇어 엎드려 세 번을 감상한 다음에 곧 그 앉은 자리에서 20운의 노래를 지어 성대한 자리에 올렸다.

그 노래에 이르기를,

「천마산은 하늘 높이 솟았고
바위에 떨어지는 물은 내달아 바로 내려 숲의 골짜기를 뚫었네.

물결 속의 달이 굴에 잠기고 맑은 아래에는 그윽한 용궁이 있어라.

신령스런 자취 남기고 솟아올라서는 큰 공을 세웠네.

안개가 피어올라 가느다란 운무雲霧 생겨나고,

봄이 화창하니 상서로운 바람이 일어나네.

하늘이 분부한 벼슬이 중하니 이 나라의 벼슬 반열이 높구나!

구름 타고 상제에 배알하고 청총마를 타고 비를 내리네.

그 대궐에서 좋은 잔치를 배설하여

아름다운 계단 아름다운 잔치에 별홍곡別鴻曲(악부의 하나)을 연주하네.

찻잔에 흐르는 노을이 뜨고, 흠뻑 젖은 이슬에 붉은 연꽃이 지네.

읍양揖讓을 하니 위의가 주선하는 예절과 법도가 흡족하구나.

의관문물衣冠文物은 찬란하게 빛나고 차고 있는 옥소리는 더욱 영롱하구나.

고기와 자라들이 와서는 조하朝賀하고

강하의 하백들도 다 같이 모여드네.

신령스런 기틀은 어이 그리 황홀한고? 현묘한 덕 다시 한번 깊어 있네.

동원에서 북을 치니 꽃 피라고 재촉하고 술단지 기울여 좋은 술 들어 마시네.

선녀들이 옥적을 불어주고 서왕모西王母는 오동나무 현을 타네.

백 배의 절을 올려 맛좋은 술을 올리고

세 번이나 화숭산華崇山(화산과 숭산)을 만세 부르네.

상설과霜雪果에는 안개 가라앉고, 반상에는 수정 파〔蔥〕가 빛이 나네.

맛있는 음식 배불리 먹으니 은혜로운 파도가 뼛속까지 스미네.

도리어 바다 기운 먹은 것 같고

완연히 봉래영주蓬萊瀛洲(신선이 산다는 봉래산과 영주)에 온 것 같네.

기쁨 다하면 응당 이별이라 이 풍류 한바탕 꿈과 갈구려.」

이 시를 지어 그 자리에 올리니, 자리에 가득한 사람들 읽어보고 감탄을 마지 않았다.

신왕이 사례하여 말하기를,

「마땅히 금석에 새겨 내가 사는 곳을 보배로 만들리라.」했다.

한생이 배례하여 나아가서 아뢰기를,

「용궁의 모든 좋은 일은 이미 모두 다 보았습니다. 또 궁실의 넓음과 강역의 웅장함을 두루 다 볼 수 있겠습니까?」하니,

신왕이 하는 말이

「그래요. 다할 수 있소.」하니,

한생이 명을 받들어 지게문으로 나와서 멀리까지 바라보았다. 다만 오색구름이 하늘에 둘려있어 동서를 분별하기 어려웠다. 신왕이 구름을 불어내고 관리에 명하여 구름을 불어서 쓸

어버려라 하니, 한 사람이 있어 궁전 뜰에서 입을 모아 한번 부니 하늘이 맑고 깨끗했고, 산과 바위와 벼랑도 없어지고, 다만 세계가 평탄하여 넓게 보여 마치 바둑판처럼 수십 리 앞의 꽃과 나무까지 심어져 있었다. 아름다운 꽃과 나무들이 그곳에 줄지어 심어져 있고 금모래가 펼쳐져 있었고, 궁전의 행랑 채와 뜰에는 모두 유리벽돌로 깔려있어 광채가 그림자처럼 어려있었다. 신왕이 두 사람에게 명하여 관람을 지휘했다. 한 누각에 이르니 이름은 조원루朝元樓라고 했으니, 그것은 순수 유리로 지은 것이었으며, 주옥으로 장식하고 찬란한 색체로 꾸몄으니 마치 푸른 금빛으로 착각할 정도였다.

누에 올라가니 마치 공중에 올라가는 듯했다. 그 높이 수가 일천一千 층이었다.

한생이 그 층계에 올라가니 사자가 말하기를,

「신왕은 신력으로서 스스로 올라갈 수 있으나 저희들은 다 올라가서 볼 수가 없습니다.」하니,

그 제일 위층은 구름과 하늘이 있어서 먼지도 가히 미치지 못한다 하여 한생은 겨우 7층까지만 올라갔다가 내려왔다.

또 다른 한 누각에 이르니, 이름을 〈능허각凌虛閣〉이라고 했다.

한생이 묻기를,

「이 누각은 어디에 쓰는 건물입니까?」하니,

대답하기를,

「이는 신왕이 하늘의 옥황상제를 알현할 때 의장을 정비하고 의관을 꾸미는 곳이다.」라고 했다.

한생이 청하여 말하기를,

「의장을 한번 볼 수 있습니까?」하니,

사자가 안내하여 한 곳으로 가니 한 물건이 있었는데, 마치 거울과 같고 번쩍번쩍 빛나는 것이 눈이 부실 정도였다.

한생이 묻기를,

「이것은 무슨 물건인가요?」하니 이르기를,

「번개의 신인 전모電母님의 거울입니다.」하고, 북이 있었는데 크고 작은 것이 그만그만하다고 했다.

한생이 그것을 치고자 하니 사자가 그만두라고 하며 하는 말이,

「만약 그것을 치면 온갖 물건이 다 울리고, 이것은 번개를 맡은 뇌공雷公의 북입니다.」했다.

또 한 가지 물건이 있었는데 풀무와 같았다.

한생이 그것을 흔들려고 하니 사자가 말리면서 하는 말이,

「만약 흔들면 산과 돌이 다 무너지고 큰 나무도 다 뽑히니, 곧 바람을 불게 하는 풀무입니다.」했다.

또 하나의 물건이 있었는데 빗자루 같았다. 그 옆에는 물 항아리가 놓여있었다.

한생이 그것으로 물을 뿌리고자 하니 사자가 또 말리면서 하는 말이,

「만약 물을 한번 뿌리면 호수가 범람하며, 그러면 산과 구릉까지 물이 올라갑니다.」하니,

한생이 말하기를,

「그러면 어째서 구름을 부르는 기구를 배치해두지 않았습니까?」

대답하기를,

「구름은 신왕께서 신력으로 하는 일이요, 기계를 움직여서 하는 일이 아닙니다.」했다.

한생이 또 묻기를,

「뇌공, 운모와 풍백 유사는 어디에 있어요?」하니,

대답하기를,

「천제께서 그윽한 곳에 감춰두고 함부로 놀리지 말도록 하지요. 신왕이 나가시면 이것이 모두 모이게 됩니다.」했다.

그 나머지 기구들은 능히 다 알지를 못했다.

그리고 또 긴 회랑이 있었는데 길이가 십 리나 뻗쳐있었다. 또 지게문에는 금룡 모양의 자물쇠가 잠겨있었는데, 한생이 묻기를,

「여기가 어딘가요?」하니,

사자가 말하기를,

「여기는 신왕이 칠보七寶의 물건을 소장하는 곳입니다.」했다.

한생이 두루 관람했지만 다 볼 수가 없어서 한생이 돌아가고

자 하니 사자가 이르기를,

「예~」하고,

한생을 장차 돌려보내니 그 문이 아득하고 겹겹이 싸여 그 갈 바를 알지 못했다. 사자에게 명하여 앞에서 인도하도록 했다.

한생이 본래 있던 자리로 돌아와서 신왕에게 사례하고 말하기를,

「두터운 은혜와 영광을 입고 두루 아름다운 경관을 잘 보았습니다.」하고,

절을 올려 인사를 하고 이별했다. 이에 신왕이 산호 호반과 명주明珠 두 알과 빙초 두 필을 행자의 선물로 주고 삼신三神을 동시에 인사하고 연輦을 타고 함께 인사를 올리고는 바로 돌아왔다.

다시 두 사자에게 명하여 산을 뚫고 물을 가르는 뿔을 가지고 가게 하여 손을 흔들어 전송했다.

한 사람이 한생에게 일러 말하기를,

「내 등허리에 올라가서 눈을 감고 반나절만 그렇게 있으세요.」하니,

한생이 그 말대로 했다. 한 사람이 뿔을 흔들고 앞에서 이끄니 마치 공중으로 올라가는 것 같았다. 마치 바람 소리 물소리가 들리고 시간이 가도 그 소리는 그치지 않았다. 소리가 그치기에 눈을 떠보니 바로 자기 집 방안에 누워있을 따름이었다.

한생이 밖에 나가서 하늘을 보니 큰 별이 드문드문하고 동방에 먼동이 트며 닭이 세 번을 울고 오경五更 쯤은 되었다. 한생이 급히 자기 품속을 더듬어보니 구슬과 비단이 그대로 있었다. 한생이 명주와 비단을 상자에 보관하고 좋은 보배로 생각하면서 다른 사람에게는 보여주지 않았다. 그 뒤에 한생은 명예를 마음에 품지 않고 명산에 들어가서 살았는데, 그 후의 그의 죽음에 대해서는 아는 사람이 없었다.

발문跋文

김시습의 한문소설 원문 「금오신화」를 현대어로 풀이하고나니 마음이 시원하다. 여기에는 많은 한문 한자와 어려운 문장 및 고사성어로 가득 차있었다. 이것을 쉽게 현대어로 옮기려니 어렵기 짝이 없었다. 이번에 내가 이 한문소설을 번역하면서 나의 능력의 한계도 느꼈지만, 이런 소설을 창작한 매월당의 능력이 대단했다는 것을 처음 알았다. 그래서 이 소설이 더욱 빛난 것이로구나 하는 것을 느꼈다.

여기서 몇 가지 느낀 점을 피력하고자 한다.

첫째는, 원문을 현토하는 일이었다. 본래 한문은 띄어쓰기가 없는 것이기에 일반 현대인이 이것을 읽으려면 우선 원문의 문맥부터 알아야 하기 때문에 현토懸吐가 필요한 것이다. 현토는 바로 한문 문장 이해의 첫걸음이기 때문이다.

둘째로는, 여기에 나오는 어려운 한자와 한문 문장이었다. 첫째는 글자도 글자이지만 여기에 나오는 고사 같은 것은 일단 묻어두고, 내용을 편하고 쉽게 펼쳐나가는데 힘을 기울였다. 무엇보다 흥미 위주의 재구성의 풀이가 필요했다. 누군가 번역은 제2의 창작이라고도 한다. 이런 의미를 두고 힘을 기울였다.

셋째는, 어려운 낱말을 따로 추려서 참고하도록 했는데, 그 것이 얼마나 독자의 호응을 얻을지는 의문이다.

다음으로는 매월당의 소설 「금오신화」는 우리 경주에서 만들어진 작품이기 때문에 더욱 긍지를 가지고 번역을 했는데, 매월당의 작가정신이 창작에 의거했고, 모방이나 고정관념에서 쓰여진 것이 아니라는 것이다. 모두 5부로 나누어져 있는데, 어떻게 보면 설화를 동원한 것 같지만 결코 설화문학은 아니고 창작문학이라는 결론을 얻게 되었다. 좀 근대적 이념이 있다면 주인공을 몽상이나 몽환적 기법을 사용했다는 것인데, 현대소설도 이따금 이런 수법을 사용하기도 한다.

김시습의 한문소설

금오신화 金鰲新話

초판 인쇄 2024년 3월 18일
초판 발행 2024년 3월 22일

현토·주해·풀이 정민호
발 행 자 김동구
디 자 인 이명숙 · 양철민
발 행 처 명문당(1923. 10. 1 창립)
주 소 서울시 종로구 윤보선길 61(안국동)
국민은행 006-01-0483-171
전 화 02)733-3039, 734-4798, 733-4748(영)
팩 스 02)734-9209
Homepage www.myungmundang.net
E-mail mmdbook1@hanmail.net

등 록 1977. 11. 19. 제1~148호
ISBN 979-11-985856-5-3 (03810)

18,000원

* 낙장 및 파본은 교환해 드립니다.